言葉はいらない

エマ・ゴールドリック 作

橘高弓枝 訳

ハーレクイン・イマージュ

東京・ロンドン・トロント・パリ・ニューヨーク・アムステルダム
ハンブルク・ストックホルム・ミラノ・シドニー・マドリッド・ワルシャワ
ブダペスト・リオデジャネイロ・ルクセンブルク・フリブール・ムンバイ

SILENCE SPEAKS FOR LOVE

by Emma Goldrick

Published by Harlequin Japan, a Division of K.K. HarperCollins Japan, 2024

エマ・ゴールドリック

プエルトリコで生まれ育ち、軍人の夫と出会って結婚した。4人の子供を育てた後、1980年に夫婦で小説の合作を始める。世界各地で暮らした経験と、ロマンス小説について十分研究を重ねたおかげで、二人の作品はすぐに読者に受け入れられた。趣味は孫と遊んだり、花を育てること、そして読書と旅行。

主要登場人物

アマンダ・スモール……秘書。愛称マンディ。
エイミー・パーセル……マンディの家政婦。
ブライアン・ストーン……作家。
ローズ・フランセスカ・ストーン……ブライアンの叔母。デザイナー。
メレディス・クレムスン……ローズの名づけ子。
エドワード……ローズの名づけ子。メレディスの兄。
ミセス・ダガン……ストーン家の家政婦。
ベッキー……ミセス・ダガンのアシスタント。
ケイレブ・ラザフォード……ストーン家の農場管理人。

1

舞踏室の片隅、鉢植えの植物のかげに、大きな木製のスツールが置かれていた。アマンダ・スモールは少し休もうと、スツールに腰かけた。六月のさわやかな宵なのに体が汗ばんでいる。今夜は首尾よくいくかもしれない。これまでに四人の男性とダンスをしたが、一人もわたしに失望しなかったし、必要以上の詮索《せんさく》もしなかった。

正直なところ、最初は大勢の人で込み合う場所に出るのが怖かった。十四歳のとき一人ぼっちでアメリカに帰国して以来、人込みの中に入るのは初めてだった。赤十字社でボランティアとして秘書の仕事をするときも、小児科診療所で助手として働くときも、常に人と接触はあったが、それは限られた人数でしかない。もちろん、男性とかかわる機会などほとんどない。

花の二十一歳だというのに、ダンスをするのは今日が初めてだなんて。マンディはしのび笑いをもらした。そしてほんのちょっぴり過去を振り返り、ばら園で過ごしていたことを後悔する気持になった。

マンディは長いブルーのドレスのしわを伸ばした。そのドレスはふっくらした体にぴったりと張りついている。恥ずかしがる必要などないのだが、ダンス用のドレスを着るのは初めてなので、深い襟ぐりからのぞく胸を隠したくてたまらない気分だった。そうすべきなのだろうか？　でも、教えてくれる人はいない。父も母も一人娘のマンディを残し、忌むべき惨事のために亡くなってしまったから。きっとこのドレスの胸元は開きすぎているにちがいない。マンディはブロンズ色の巻き毛に手を走らせた。

一八九〇年代につくられた広い舞踏室の両端では、二組のバンドが交互に演奏していた。一方はロックやディスコミュージックの、もう一方はポルカのバンドで、ちょうどワルツを演奏しはじめたところだ。よりによって、ワルツなんて。マンディは声のない笑いをもらし、全身を震わせた。両親とも医者である娘にとって、ダンスのレッスンは必須科目だった。彼女は鉢植えの植物に向かって会釈し、手を伸ばした。と、その手は男性の大きな手にがっちりとつかまれた。

まだ事情がのみ込めていないマンディを、男性は部屋の隅からダンスフロアへとテンポを乱すことなく優雅に導いた。マンディの体はメロディに乗って、確実にリズムを刻む。最初のステップを踏む間、男性は体を離していたが、二人の息が合うのがわかるとすぐに、彼女をぐっと引き寄せた。マンディの頭は彼のあごの下に埋まり、顔はブロケードのヴェストに押しつけられた。

温かくて居心地のいい胸、それに、わたしよりずっと大きいわ！　マンディは心の中でつぶやき、相手の顔がよく見えるように頭をのけぞらせた。ハンターのように細く引きしまった体、濃いブルーの瞳、薄茶色の髪、広い肩幅。誰かを思い出させる……そう、父を！　容貌《ようぼう》はまるで違う。熊《くま》を思わせるような父とは似ても似つかない――全身から発散される威圧感以外は。彼は身をかがめてマンディに話しかけたが、声は騒音に消された。そこで彼女の耳元まで口を寄せた。温かい息を感じたとたん、マンディの背筋に戦慄《せんりつ》が走った。どういうつもりなの？　不安が頭をもたげてくる。彼はわたしを誘惑しようとしているの？

「ぼくはブライアン・ストーン、今夜のホストだ」彼は言った。「で、きみはいったい何者なんだい？」

問いに答えなくては。マンディの脈は速くなり、頬も紅潮してきた。彼女は相手に唇が見えるように再び身をそらした。「マンディ」と、大きく口を動かしてみせる。

「マンディ?」ブライアンは彼女の耳元で繰り返した。「アマンダだね? 確か……〝愛する価値がある〟って意味だ。きみはそうなのかい、アマンダ?」

マンディは拍子をはずして不意にとんと足をつき、肩をすくめた。彼は笑い声をあげ、再びしっかりしたステップを踏みはじめる。

「アマンダ。すてきな名前だ。きみはおしゃべりじゃなさそうだね。今夜踊った女の子の中で、ぼくの気を引こうとしなかったのはきみが初めてだよ。なぜ黙っているんだい? 舌を抜かれたのかい?」

マンディは笑ってかぶりを振ると、証拠として舌を突きだしてみせた。頭を振った拍子にブロンズ色の巻き毛が揺れ、前髪を留めていたヘアピンがはずれて髪が額にかかった。その様子を見てブライアンは笑った。マンディはかっとしたが、再び彼に引き寄せられ、顔にかかった巻き毛を指でもてあそばれているうちに、怒りのやり場を失ってしまった。

「そのままにしておくんだ、マンディ。ずっと若く見えるよ――全然印象が違う。そのままのほうがいい」彼のほほ笑みに心が静められ、マンディは自分でも驚いた。彼女は思いやりがあって楽天的な女性だが、気性が激しいことでも有名なのに!

マンディが思いをめぐらしている間に音楽がやんだ。ブライアンは彼女をもう一度くるりと回してから動きを止めた。マンディが彼の腕に両手をかけたまま目を見つめていると、彼は身をかがめて軽く口づけした。マンディは両手を後ろへ回して握りしめ、じっとしたまま目をつぶっていた。が、それ以上は何も起こらなかった。目を開けたときには彼の姿はなかった。

一瞬、残念な気持にもなったが、やがて生来の陽気な性格が頭をもたげてきた。今朝、いっしょにパーティに行こうとヒンソン医師に強引に誘われたときのことを思い出す。「マンディ、きみは問題をかかえているにもかかわらず、半径八百キロ以内に住む女の子たちの誰よりもガッツがあるし、常識をわきまえている」マンディは心の中で笑った。最近では常識はさほど商品価値がない。ブライアン・ストーンがこのパーティの主催者だとすれば、彼がお目当ての女の子は大勢いるにちがいない。飲み物を買って、新鮮な空気でも吸いなさい、アマンダ・スモール！

マンディはバーへ行き、紙コップに入っているコーラを取って五ドル札を手渡した。係員はほほ笑んでお釣りの一ドルを差しだした。が、マンディはかぶりを振ってにっこり笑い、バーから遠ざかりながら気の抜けたコーラを飲んだ。慈善パーティだもの、しかたないわ。そう考えて自分をなぐさめ、涼しいベランダに出ていった。

ベランダには木製のベンチがいくつか置いてあった。マンディは端まで歩いていってベンチにかけた。月が厚い雲間に見え隠れしている。彼女はぐったりしてパンプスを脱ぎ、足の指を動かした。目の前には庭が広がっている。彼女のばら園よりはるかに大きいが、ほとんど手入れされていない。

わたしったら、素人園芸家にお決まりのあら捜しをしてるわ。そう思ってマンディはほほ笑んだ。ところで、今宵《こよい》のできはどう？　これまでのところはほぼ完璧《かんぺき》よ。小さな金の腕時計は十一時を示している。でも、ちょっとした問題がないわけではない。彼女をパーティに誘ったのは五十代のヒンソン医師で、二十一歳の誕生日を一人きりで過ごすべきではないと強引に連れてきたのだが、一回彼女と踊ったあと緊急の用で呼びだされてしまった。一時間以上も前のことだが、どうやらパーティが終わる前に戻ってくる気配はない。まあ、いいわ、家までそれほど遠くないじゃないの、シンデレラは歩けるんですもの！　うんざりした顔で靴を見下ろしながらマンディは思った。次に、些細《ささい》な問題をわきにやり、大きな問題について考えてみた。ブライアン・ストーンのことを！

彼の姿を思い浮かべ、彼の言葉についてよく考えてみる。一言一言が忘れられない。そのあとの口づけも。なんてあつかましい人だろう！　だが、そう考えている間ずっとマンディはほほ笑んでいた。

経験がほとんどないから、あのキスが自分にどんな効果をもたらしたかなんてわからない。マンディはため息をついた。頭に血がのぼったわけではないし、脚から力が抜けたわけでもない。でも、すばらしかった！　優しささえ感じられた。とにかく、とてもすてきなキスだったわ！　わたしはあの男性に恋をしてしまったらしい。マンディはすぐに、つまらない考えを打ち消した。そんなことが起こるはずはないのだ――マンディの世界では。そう考える一方で、温かみのある低い声が耳の奥にこだましているように思えた。

いや、こだまではない。本物の彼の声だ。彼が庭で葉巻をふかしながら、女性と話しているのだ。マンディには女性の姿は見えない。

「ひどい乱痴気騒ぎだ」彼は言った。「こんな状態になるとわかっていたら、委員会に貸し出し許可を与えたりしなかったんだが。田舎のど真ん中で、押しかけ客や十代のかわい子ちゃん、おまけに破壊行為《バンダリズム》にまで出会うとはね。シャツを替えに二階へ上がってみると、ぼくのベッドには一組のカップルがいたよ。地下貯蔵室に押し入ってドン ペリニヨンのボトル十本をくすねたやつもいるし。もう二度とごめんだね！」

「でも、それなりの代償があるんじゃなくて、ダーリン？」かん高い声がした。「あなた、あの赤毛の女の子にキスしていたでしょ、ダンスフロアの真ん中でね。みんなが目撃しているわ」

「ばかな、メアリアン」彼は笑いとばした。「子供のジョークだ。彼女は十六歳かそこらの小娘なんだよ。両親がどこかそのへんにいたんじゃないかな。それに赤毛じゃなくてブロンズ色の髪だったよ。シルクのように柔らかい天然のブロンズ色だ」

「あら、いまでは女性の髪に関してもスペシャリストだっていうわけ？」震えるような笑い声を聞いてマンディは不愉快になった。あれは嫉妬《しっと》の笑いだ。

「いいかい」彼は笑った。「一流の作家はなんでも知っておくべきなんだよ。それに、自殺したブロンドと本物のブロンドを区別するのは簡単さ」

その言葉に痛いところをつかれたにちがいない。女性は冷たく言った。「どういう意味なの？」

「何が？　自殺したブロンドの意味かい？　使い古されたジョークだよ。自ら死を選《ダイ》んだブロンド娘は自ら髪を染《ダイ》めたって話だ。おもしろいだろう？」

どうやらおもしろくなかったらしい。女性は何やら脈絡のないことをつぶやいて去っていった。ブライアンはしのび笑いをもらし、葉巻をもう一度ふかしたあと吸殻を捨てて歩き去った。

やれやれ！　マンディはにやりと笑った。あなた、何を期待していたの？　一目ぼれ？　夕映えの中を彼といっしょに馬に乗って消えてゆく場面？　彼はあのブロンド女性に対して、ちょっと辛辣《しんらつ》だった。というより、かなりいらだっていた。マンディはほほ笑んだものの、むっとしてもいた。子供にすぎないですって！　あの手紙を胸にピンで留めて歩くべきだったかもしれないわね。そう、あの手紙が一日の始まりだったのだ。

今日マンディは朝寝坊をした。体に傷跡が残ると知って絶望的になっている十四歳の女の子をなだめるために、昨夜セント・アン病院で長い時間を過ごしたからだ。そして今朝目を覚ましたとき、ミセス・パーセルが玄関のテーブルに残していった一通の手紙と、辞職するという旨の長いメモを見つけた。

バートン、ブラウン＆バーンズ。封筒にある名前を見ただけでマンディは動揺した。この七年間、三人の中の誰かが彼女の後見人だった。どの人物がそうなのか正確には知らない。法人が後見人だなんてことがありうるだろうか？　彼らはマンディの財産を管理し、忘れたころに彼女の請求書を処理し、家政婦をあてがい、年に一度バースディ・カードに財産報告書をそえて送ってきた。ところが今朝届いた手紙はいつもと少し違っていた。

〈二十一歳の誕生日、おめでとうございます〉手紙にはそう書いてあった。〈ついに法定年齢に達せられましたので、後見人としてのわれわれの職務は本日をもって完了いたしました。ご指示さえあれば、従前どおりの料金であなたの財産管理を引き続きうけたまわる所存です〉マンディは、ボランティアとして秘書の仕事をしている診療所に行って、手紙を所長のヒンソン医師に見せた。すると医師はマンディをパーティに連れていくと言い張ったのだ！

舞踏室の音楽はハードロックに変わったが、すでにマンディは興味を失っていた。ゆっくりベンチから腰を上げて伸びをすると、庭に通じる階段に向かった。月は厚い雲との闘いに屈しようとしている。サッカリー・ポイントの六月の雨はどしゃ降りになるのが普通だ。でも、頭がずきずきしているのでどうしても庭に出たかった。タイトなドレスのすそを引き上げて障害物をよけながら、マンディは暗い木陰に通じるくねくねした小道を歩きはじめた。

ふと、彼女は曲がり角で足を止めた。月の光が、古い格子垣に絡みつくつるばらを照らしている。大きな花の前に立ってにおいをかいでみた。強烈な香りを放つライラックに囲まれていては、ばらの香りなどほとんどわからない。すぐ前方に一条の月光に照らされたベンチがあり、無言で手招きしているように見えた。足がうずきはじめている。まったくひどい靴を選んだものだ。

マンディは優雅な身のこなしでベンチに座り、まったパンプスを脱いで足の指を動かした。少し強くなった風がかすかに葉ずれの音を響かせる。彼女は鉄製の背もたれに寄りかかり、風が顔と髪をなぶるままにさせた。追想するにふさわしい時と場所だ。そこで過去を振り返ってみることにした。

マンディはマサチューセッツの小児科病院に移され、それから四日後にソーシャルワーカーから孤児になったと告げられた。

神経症の治療で二カ月間入院したあと家に帰された。家に帰された！――そう考えるだけでいまだにぞっとする。両親のいない場所をどうして〝家〟と呼べるだろう？　マンディは家に送り帰され、後見人としてバートン、ブラウン＆バーンズ法律事務所が指定された。この法律事務所が実際にしたと言えることは、ミセス・エイミー・パーセルを雇ったことだけだった。痩《や》せて辛辣なその未亡人は、肉体的苦痛こそ神から与えられた正しい罰だと信じており、幼い孤児にも厳しいしつけを行った。小言はしばしば、祈りはたっぷり、だが愛情だけはまったくなかった。

マンディは愛のない世界で生き延びるために強い意志と独立心を養い、自分だけのせまい小さな世界をつくり上げたのだった。

彼女はもの思いを打ち切った。風はさっきより強く冷たくなってきたし、頭痛はさらにひどくなったようだ。ベンチから腰を上げて伸びをし、肩の筋肉をほぐした。

小道から声が聞こえてきたのはそのときだ。三人の男がジョークを飛ばし、手にしたボトルを振り回しながら角を曲がって近づいてくる。正確に言えば、男ではなく少年だ。十七歳ぐらいだろうか。立派な服装だが酔っ払っている。間の悪いことに月が顔を出し、マンディのドレスを際立たせた。

「おい、あそこを見ろよ」少年の一人が叫んだ。

「一人かい、ベイビー？　仲間がほしいだろう？」

　マンディはあとずさりして月光の輪の中から出た。三人はまだ少年だが、もう大人と言えるほどの体格をしているので危険だ。〈説得してたしなめること、丁寧に、でもきっぱりと〉青少年指導のためのパンフレットによくそう書いてある。が、暗い夜道ではそれもむずかしいし、第一、マンディには弱点がある。十五歳のときに自分の弱点を思い知らされ、格闘技を習うことにしたのだった。

　事故からほぼ一年後、彼女が復学したその日のうちにみんなはある事実を知ってしまった。午後、校舎を出ようとしたマンディを石段の上で一年生の少年たちが取り囲み、「やあい、口のきけないやつ《ダミー》！」と、はやした。彼女は逃げようとしたが、そのたびに輪の中に押し戻された。

　そこへラルフ・ダンブラウスキーが現れた。マンディの隣人で、バスケットボール・チームの副主将をしていた彼は、飛んできて少年の一人を殴り倒し、さらに二人をばらの茂みの中へ投げ込んだ。おかげでマンディは学校を卒業するまで、心ない仕打ちを受けずにすんだ。彼女をなぐさめながら、「いつもぼくがそばにいるとはかぎらないんだ、マンディ。空手を習ったほうがいいよ」と言ったのはラルフだ。そしてマンディは忠告に従ったのだった。

「きみみたいな美人がこんなところで何してるんだ？」酔っ払った少年が繰り返す。別の少年は大きく弧を描いてマンディの後ろ側に移動した。

　彼女はびくびくしつつも自分を落ち着かせようと

した。ほんの二言三言冗談を言うだけで、三人を追い払えるかもしれない。しかし、マンディにはそれができないのだ。三人は彼女を取り囲み、腕をつかんだ。

うさぎを追いつめるように、三人はゆっくりと動いた。一瞬マンディは声にならない悲鳴をもらしたが、すぐに強い意志が息を吹き返した。彼女は攻撃をかわすために両手を上げ、いちばん近くにいた少年が突進してくると同時に横に動いた。そして少年が伸ばした腕をつかんで地面に倒れ込み、彼の体重とはずみを利用して投げ飛ばした。少年は反対側にいた友人に頭からぶつかった。二人が茂みの中でもがき、ののしり合っている間に、マンディはさっと立ち上がった。

三人目の少年は、二人が倒されたのは単なる偶然だと判断した。そこで両手を上げると、ボクサーのようにマンディに襲いかかった。右手が大きく弧を描いて迫ってくるのが月明かりの中でも見える。マンディは前進して、大きく振り回された腕の中に入った。まず力をこめた指でみぞおちを突き、次に喉にチョップをたたき込む。少年はよろよろと一、二歩あとずさって腹を押さえ、不意にしゃがんで泣きだした。

マンディは少年の涙に驚いて、ほかの二人の存在をつい忘れてしまった。すでに二人とも体を起こし、背後から近づいていた。四本の手が彼女の肩をぐいとつかみ、ドレスの袖《そで》を引きちぎった。マンディが前にジャンプすると同時にドレスの右半分が腰まで裂けた。

「見ろよ」三人組の一人がつぶやいた。「あばずれに楽しい思いをさせてやろうじゃないか!」

マンディはドレスを直すことはあきらめた。ブリストル・タウンの時代から続く、スモール家の血が騒ぐ。人形を使っての稽古《けいこ》には慣れているが、本物の人間を相手にするのは初めてだ。肩をすくめ、敵にほほ笑みかけながら、脚が自由に動くように長いドレスのすそを膝まで上げた。敵はその笑みを誘いかけと誤解したようだ。マンディに近づき、両腕を広げて彼女を自分のほうへぐっと引き寄せた。もちろん、これこそ彼女が望んでいたことだ。

「さあ」少年はマンディの耳元で叫んだ。

さあ、いまよ！　マンディは左足に全体重をかけ、渾身《こんしん》の力をこめて右膝で相手の下腹部を突き上げた。彼はぐらっと一歩後退して驚愕《きょうがく》の表情を浮かべ、それから痛みに体を折り曲げると悲鳴をあげた。地面にうずくまって足をひくひくさせる間、悲鳴は高く大きくなっていった。

そのとき茂みの間をばたばたと走ってくる足音がして、男性の低い声が叫んだ。「何かあったのか？」

もう一人の少年も男の声を耳にして、叫び続けている友人を助け起こした。さっき泣きだした少年はとっくに姿を消している。痛めつけられた少年は歩けない様子で、いまでは小さくすすり泣いている。二人の少年は逃げ道を見つけてゆっくりと去っていった。

始まりから終わりまでわずか三分間の、驚くべき体験だった。やがてマンディは、ほっとしてベンチに座り込んだ。息づかいは荒く、勇気も消え去り、いまの出来事についてもぼんやり覚えているだけだ。さあ、しっかりして。唇をかみ、自分を励ました。

マンディはベンチの背にもたれて体の力を抜き、弱々しい笑みを浮かべた。やったわ！　やったのよ！　薄れゆく月明かりの中に目をこらし、バッグを捜そうと、ふらつく足で立ち上がった。

バッグはベンチの下の拾いにくい場所に落ちていた。マンディは両手を膝に当ててバッグを見つめた。強くなった風に吹かれてドレスの裂けた部分がひらひらしている。ほかに方法はない。彼女は四つんばいになってベンチの下にもぐり込むと、山と積もった木の葉をわきに払いのけた。

そのときブライアン・ストーンが全速力で角を曲がってきて、のろのろと暗闇《くらやみ》の中に消えていく少年たちの姿を目にした。ブライアンは少年たちが去っていく方向へ二、三歩進んだのち、引き返してきた。そしてマンディの腰をつかみ、そのまま引っ張って立たせた。

「きみだったのか」ブライアンは不平がましくつぶやいたあと、もっと大きな声で言った。「きみはどういうつもりなんだ？　生まれつきのばか者なのか？　こんな遠くまで来て与太者たちに絡まれるとはね。たまたまぼくがいて、幸運だったよ！」

マンディはあっけにとられて彼を見つめた。いきなり体をつかまれたので、相手の正体を見極めないうちに喉元に空手チョップを見舞うところだった。が、男の正体に気づくと同時に全身の力が抜けた。

彼の両腕が近くにあって幸いだった。ブライアンは、くずおれそうになるマンディをしっかりと支えて抱き寄せた。

わたしが幸運だった、ですって！　わたしは、ほとんど申し分なく対処した。ブライアン・ストーンが現れる前に争いは終わっていたのだ。勲章を授かってもいいくらいだわ。事件はストーン邸で起こったのだし、暴漢たちは彼の客なのだから！　でも、正義の騎士を気どるこの傲慢《ごうまん》な男性にどう説明すればいいっていうの？

マンディは一瞬母のことを思い出した。キッチンに座って豆のさやを取っているとき、母はこう言った。「わたしはいつもあなたのパパの言うとおりにするのよ。そしてパパが怒っているときは、どんな言葉にも賛成するの。いつもね」

七歳のマンディは疑わしげに、「いつも？」とたずねた。

「そう、いつもよ」母はうなずいた。「だって、それが唯一の男性操縦法ですもの！」そう言ってすぐ、母が椅子から落ちそうになるほど笑い転げたのはなぜだろう？　そしていまこの男性がひどく腹を立てている理由もわからない。

ブライアンがこちらをじっと見ている理由はわかる。マンディのドレスの片側が腰まで裂けてたれ下がっているのだ。しかも襟ぐりが深いのでブラをつけていなかった。彼はひどく興をそそる見世物を無料で楽しんでいるわけだ！　彼女は裂けた生地を急いでつかみ、胸を隠そうとした。

「何があったんだ？」ブライアンは非難がましく言った。「ボーイフレンドがのぼせすぎたってわけかい？　で、きみは大丈夫か？」

マンディは最後の質問にうなずいた。

「大丈夫らしいな」ブライアンはつぶやいた。「家に戻って、ドレスを直せるかどうか見てみよう」そう言うなり彼女の手を取って小道を歩きだした。

マンディは広い歩幅についていけずによろめいた。そのとき靴のことを思い出し、ブライアンの手を強く引っ張って振りほどいた。彼が足を止めている間にさっきの場所まで戻り、パンプスを拾い上げて引き返してきた。

「準備はできたかい？」ブライアンが皮肉っぽくたずねる。

マンディはこくんとうなずき、彼といっしょに再び小道を歩きだした。彼女は泣いていた。これまで一度も泣いたことがないのに。暴漢に襲われたときも涙は出なかったのに。いまは危険が去ったけれど、ブライアン・ストーンはわたしにひどく腹を立てている。その理由がわからない。それに、自分自身のこともわからない。わたしはなぜ彼によい印象を与えたいと思うのだろう？　怒り狂った熊のようにふるまっている男なんかに！

ブライアンは彼女を裏口から屋敷に入れた。舞踏室を避けるためだ。もうマンディの涙は止まっていたが、化粧がくずれ、涙の跡が残っていた。マンディはおずおずと微笑を向けたが、彼の表情はあくまで険しかった。

「頼むから胸をおおってくれないか。ここはストリップ小屋じゃないんだから！」

ブライアンはひらひらする布切れをつかみ、肩まで上げた。マンディはその布を彼の手からひったくった。手と手が触れ合った瞬間、二人の間に電撃にも似た熱い感覚が走ったように思った。こんな経験は初めてだ。だが、彼は何も感じなかったらしく、無表情のままだった。マンディは再びこみ上げる涙をこらえた。

「あんなパーティになぜ自宅を提供したのか自分でも理解できないよ」ブライアンは辛辣に言った。「酔っ払いどもやマリファナスモーカーに閉口しているところへ、いままたこれだ。なぜここから出るまで待てなかったんだ？　あるいは、車のバックシートに連中を誘ったっていいじゃないか。きみと踊ったときは、そういうタイプの女の子じゃないと思ったんだがね！」両手でマンディをかかえ上げ、キッチンで見つけた野ねずみでも眺めるような目つきをした。「なんてことだ！」彼は鋭く言った。「さあ、こっちへ！」

マンディを押して廊下を進み、いちばん奥の左手にあるドアを開けて、彼女を薄暗い静かな部屋に押し込んだ。室内には暖炉の火がともっているだけだ。書斎か図書室らしい。

「そこに座って。ミセス・ダガンに針と糸を持ってこさせるから。まともな格好で帰れるかどうかやってみよう。それにいいかい、この次災難に巻き込まれたらすぐに大声を出して助けを呼ぶこと。ぼくが駆けつけなかったら、きみはレイプされていたかもしれないんだぞ！」ブライアンは部屋を出てドアをぴしゃりと閉めた。

後遺症が出てきたらしく、マンディはよろよろと近くの椅子まで進むと、どっと座り込んだ。両肩にあざができているし、最初の敵を投げ飛ばすとき、いきなり筋肉を使ったせいでわき腹が痛む。頭もがんがんする。彼女は額に手のひらを当ててみた。激しい興奮のためにほてっている。また涙があふれてくる。両腕で体をかかえ込み、椅子に両足を上げた。まったくひどい！　不名誉きわまりないわ。さっきまでは何もかも申し分なさそうに思えたのに、あっという間にすべてが逆転してしまった。

マンディは室内に視線をめぐらした。暖炉の上の時計は夜中の十二時十五分を示している。驚くことないわ。彼女は皮肉たっぷりに思った。馬車はかぼちゃに、王子はいばり屋に変わったというわけよ！

ドアが開いたとき彼女はぎくっとした。今度の侵入者は針と糸を手にした年配の女性だった。女性は傷を調べながら舌打ちした。

「かわいそうに」その女性はなぐさめてくれた。「さあ、涙をふいて」マンディに大きなハンカチを手渡す。「ドレスのほうは大したことないわね。立ってちょうだい、つくろってあげますから」

マンディは無意識に、彼女の言葉に従った。素早い針さばきでドレスはもとに戻った。

「少なくとも、家には帰れるわ」ミセス・ダガンは言った。「少しの間ここで休んでなさい。恋人とけんかしたからって、この世の終わりが来るわけじゃなし」彼女はブランデーグラスに何かを注いだ。「これを飲んで。そうすればまたダンスを楽しめるでしょう。何か用があれば呼んでちょうだい」

マンディはグラスを疑わしげに見つめた。十六歳のとき、ミセス・パーセルのお酒をこっそり飲んでひどくむせたことがある。だが、そのお酒は喉ごしがよく、体を温めてくれた。彼女は暖炉の前に行った。ミセス・ダガンは少しの間彼女を見ていたが、キッチンの急ぎの用を思い出し、そっと出ていった。

2

暖炉の炎に眠りを誘われそうだ。マンディは炎を見つめながら考えた。ブライアン・ストーン。作家、そしてこの屋敷の所有者。彼にはガールフレンドがいる――たぶん一人だけでなく。彼はわたしのことを生まれつきの愚か者だと、まだおしめの取れない小娘だと思っている。それがなぜ重要なの？　帰宅したら、あなたを心から崇拝していると彼に長い手紙を書くべきかしら。それも匿名で。ようやくユーモアのセンスがよみがえってきたようだ。起こったことを悔やんでも始まらない。ひどい頭痛と体の痛みさえ治れば文句はないのに！

バンドの演奏はいまも聞こえるが、パーティは終わっていた。マンディは暖炉のそばにうずくまり、両手を火にかざした。静寂が彼女を包み込む。が、やがて静かすぎることに気がついた。バンド演奏は数分前にやんでいる。さっきまで聞こえていた廊下のざわめきもいまはなくなった。

シンデレラが真夜中すぎまでぐずぐずしていたせいで、パーティは惨憺《さんたん》たるものになってしまったわ。もうばら園に戻る時間よ。マンディは立ち上がると、戸口までそっと歩いていってドアを開けた。クロークルームの戸口に二組のカップルが立っている。マンディはその後ろに並び、美しい手編みのショールを受け取った。アマンダ・スモール、あなたを愛してくれる人は大勢いるわ、今夜ここにいた人たちが誰も愛してくれなくてもね。

気を取り直し、最後のカップルに続いて玄関に向かった。ほかの招待客はすべていなくなっていた。マンディは肩にショールをかけ、歯を食いしばって身構えた。彼女は最後の客だったが、ホストがまだ玄関口に立っていたのだ。

ブライアンは温かい手でマンディに触れ、そして彼女の腕を必要以上に長くつかんでいた。彼は眉根を寄せた。ああ、どうかわたしを思い出して。せめて覚えていて！ マンディは祈った。

「アマンダだね」ブライアンは言った。彼女は満面に笑みを浮かべてうなずいた。「あのひどい状態から回復したのかい？」マンディは再びうなずいた。「会えてよかったよ。きみは勇敢な子だ」彼は身をかがめ、軽く口づけした。「おやすみ、マンディ」

ドアが背後で閉まるとマンディは現実に戻った。彼が握った手をそっと唇に当ててみる。泣いてもいないのに涙が頬を伝わっていく感じがしたので、うろたえてあたりを見回した。雨がぱらぱら降りだしたのだ。いま彼女は人けのない小さなポーチに立っている。

水。ああ、頭がぬれるなんて我慢できない。過ぎ去ったアフリカの悪夢を思い出してしまう。マンディは屋根の下から出て右手の広い舗装区域を見渡した。そこには何もない。そういえばヒンソン医師は呼びだされて出ていったきりだ。医師の古いビュイックはとうとう戻らなかった。外の明かりが一つまた一つと消えていき、マンディは暗闇《くらやみ》の中に取り残された。雨のしずくがまた顔を打つ。

急ぎ足で歩くしかないわ！ ため息をつき、ショールを頭にかぶって私道に出た。が、六歩進んだところで足が悲鳴をあげはじめた。さらに十歩進んだとき、本格的に雨が降りだした。しのつく雨と冷たい突風に体をさらわれてしまいそうだ。たちまちずぶぬれになり、こうしているのがだんだんむずかしくなる。雷鳴がとどろき、思わず頭を下げた。まるで迫撃砲の一斉射撃のようだ。彼女は無意識に唇をかんだ。

さらに二歩前進したところで運はつきた。パンプスのかかとが私道のくぼみにはまったのだ。マンディはぬれた地面に足を取られ、私道のわきにあるとげだらけの生け垣に倒れ込んだ。倒れたあともがいたために、かえってとげが刺さってしまった。ずぶぬれになり、体は痛み、出血し、マンディは孤独と失望に打ちのめされた。家まではまだ三キロ以上もある。よろよろしながら足を踏みだしたとたん、足首に激痛が走った。これではあんまりだ。ばら園は遠すぎるし、ミセス・パーセルもニューポートの妹の家に行ってしまった。雨はしきりに降っている。今度はあふれる涙も加わった。

マンディは方向転換し、小さなポーチの下まで懸命に引き返した。玄関ドアの中央にベルがある。彼女はありったけの力を振りしぼってベルを押し、柱にもたれた。冷たい雨にぬれて体が震えている。家の中から返事はない。彼女は再びベルを押し、すり傷のあるこぶしでドアをたたいてみた。それでも返事はない。激しいあらしのまっただ中でもう一度ドアをたたいたが、むなしい努力だった。マンディは水びたしになった木の床にしゃがみ込み、両腕を体にしっかりと巻きつけた。もう泣かないと決心したはずよ、と自分に言い聞かせる。泣いてもなんの助けにもならないのだから！　マンディは柱に頭をもたせかけ、雨が体を流れ落ちるにまかせた。

一キロほど先にある市役所の時計台の鐘が鳴った。二度の重苦しい響き。弔いの鐘を思わせる音を聞いて、マンディはポーチの片隅にくずおれ、胎児のように丸くなった。心の中の不吉な黒い扉が開きそうになる。その扉の奥には記憶が閉じ込められている。恐怖のあまり、彼女はそれを忘れるようにと自分に命じたのだ。以来黒い扉は閉ざされたまま、事件の記憶がよみがえることはなかった。黒い扉はマンディの声帯に爪あとを残しただけだった。

事件はセレンゲティ平原の丘にあるウタンギの診療所で起こった。ともに医者だったマンディの両親は、平和部隊の診療所で一年間の支援活動を行っていた。

ある雨の日の午後二時、反逆者たちが現れ、迫撃砲で襲いかかってきた。無秩序な暴徒は政府軍から逃れるところだった。彼らは診療所の守りを破り、あらゆる生き物を攻撃しはじめた。

「声を出しちゃだめよ」母は幼いマンディといっしょに廊下の戸棚に隠れながらささやいた。「声を出したら二人とも殺されてしまうから！」

声を出してはだめ——簡単に守れる言いつけだった。だが、恐怖はあまりにも大きく、重い靴音が廊下に響くと、マンディはすすり泣きの声をもらした。母が娘の体におおいかぶさったそのとき、戸棚のドアがぱっと開き、機関銃が火を吹いた。暗闇の中で押しつぶされ、恐怖に打ちのめされながら、アマンダ・スモールは額に液体がしたたり落ちてくるのを感じていた。

大虐殺は三時に終わった。反逆者たちは生者も死者もひっくるめて熱帯特有の雨の中に引きずりだし、そのまま湖に投げ込んだ。政府軍が到着したのは四時だった。

それから二時間後、政府軍は丘の頂上で唯一の生存者を発見した。その少女、十四歳のアマンダ・スモールは、自分がわずかにすすり泣いたことと、恐ろしい過ちを犯したことだけを覚えていた。が、悪夢の記憶が薄らいでいくにつれて幸いにもすべてを忘れ去った。

そしていまは午前二時、ここはアフリカから遠く離れたマサチューセッツだ。もう雨もやみかけている。背後でチェーンと掛け金をはずす音がしたので、マンディは肩ごしに振り返った。玄関のドアが大きく開き、内部の明かりを背にして、男性と大きな犬二匹のシルエットが浮かび上がった。犬はすぐにマンディの存在を感じ取った。男性がドアを閉めようと苦労している間、二匹の犬は綱をぐいぐい引っ張りながらうなった。

「ライザ！　ミッチェル！」男性はどなった。「お座り！　ドアを閉められないじゃないか」犬は即座に従ったが、綱をぎりぎりまで引っ張って座った。二つの大きな頭が、マンディのおびえた顔から一メートル足らずのところで前後に動いている。彼女は柱のかげで身を縮め、姿を隠そうとした。戸口から振り返ったブライアン・ストーンは、片隅で丸くなっているマンディに気がついた。「いったい何事だ？」彼は鋭く言い放った。「番《ガード》をしろ！」

綱を放すと、犬はマンディのほうへ近づいた。やや小さい雌犬のほうが大きな口を開けて彼女の二の腕をそっとくわえた。マンディは怖くて動けなかった。ブライアンは家に引き返し、ポーチの明かりをつけた。再び彼が出てきたとき、何かつぶやく声がマンディの耳に入ったが、どこか遠くから響いてくるようで意味は理解できなかった。

命令に従って犬が腕を放したので、マンディはほっとした。と、ブライアンのぬくもりのある腕にさっと抱き上げられた。

「ミセス・ダガン！」ブライアンは彼女を書斎に運んで大声を出した。「おっといけない、もう帰ったあとだった！」

彼はマンディを抱き直し、暖炉の前のラグに下ろした。それから数分後にはタオルと毛布を山ほどかかえて戻ってきた。

「楽にして。これで体を包むんだ」

ブライアンが何から何まで世話をやいてくれた。マンディの意識は朦朧《もうろう》としていた。体の震えは止まらないし、目には涙がたまり、耐えられないほど頭も痛む。なぜ泣いたりするの？　そう自問したが、ぼうっとして何も考えられない。涙は相変わらず流れていた。

「ぬれた服を脱がせなきゃならないんだ」マンディが力なく抵抗すると、ブライアンはどなった。

びしょぬれになったドレスやストッキング、下着を脱がされ、タオルで体を強くこすられても、マンディは逆らわなかった。彼は足からマッサージを始め、ぬくもりが戻ってくるまで続けた。

上下する豊かな胸まで来ると、彼は手を止めて何やら小さくつぶやいた。肩のマッサージがすんでから体を毛布でくるみ、今度は髪を強くこすった。それから彼女の上体を起こし、背中に回って同じ動作を繰り返す。ぬくもりが戻るにつれてマンディはリラックスしはじめた。彼に寄りかかり、その力強さにひたっていたので、毛布が膝まですべり落ちたことにもほとんど気づかなかった。

「体をおおうんだ！」ブライアンは大声で言った。

「どうしてきみを子供だなんて思ったのかわからないよ」

マンディはまだ恐怖を感じながら、のろのろと毛布を上げた。立ち上がった彼の背丈がずんずん伸びて、天井の梁《はり》の中に隠れてしまいそうに見える。そんなに大きいはずがないわ。マンディの意識は混濁していた。まるで部屋全体が揺れているようだ。

「少し気分がよくなったかい？」

マンディはうなずいた。

「家族にきみの居場所を知らせなきゃならない。電話番号を教えてくれないか？」

マンディは彼をぼんやり見つめ、毛布の下から細い手を出して書くしぐさをした。ブライアンは当惑したが、すぐに、彼女の腕からにじみでている血のほうに気を取られた。そこで机からメモ帳と鉛筆を出して彼女のわきに置いた。

「それに書いて。腕をなんとか手当てするから」

マンディはぼんやりしたまま、戸口へ行く彼を目で追った。それからもう一方の手も出して電話番号を走り書きする。再びブライアンが姿を現したときにはきちんと毛布にくるまり、出血している腕だけを出していた。彼は水の入った洗面器と救急用具を持ってきて、優しい手つきで腕の汚れと乾いた血を洗い流した。消毒のとき、マンディは痛みに鋭く息を吸った。ブライアンは手を引いてマンディが何か言うのを待ったが、彼女は黙ったままだった。

ブライアンは傷口に包帯を巻いてからメモ帳を取り上げた。「まずきみの家に電話しよう。次に医者だ。腕の具合が気になるし、どうやら熱も出てきたらしい」

暖炉の上の振り子時計を見ていると、ブライアンは十分ほどして戻ってきた。マンディは毛布で体をすっぽりとくるみ、タオルを頭にかぶった。寒くて歯の根が合わない。朦朧としたまま、さらに火のほうへ近づいた。引き返してきたブライアンは眉をひそめ、手に彼女のバッグを持っていた。

「きみのところは、誰も電話に出ないんだ。三回かけてみたんだがね。医者は八十八号線の自動車事故の処置をすませたらすぐに来るそうだ。ぼくには治療ができないし、きみを家に送り届けることもできない。どうすればいい?」

マンディは彼を見上げ、頭と肩を動かして訴えかけた。その動きをブライアンはじっと観察した。

「きみを一晩泊めるしかなさそうだね」

マンディはこっくりうなずいた。

ブライアンは立ち上がり、彼女のまわりを歩きながら興味深げにしげしげと見た。マンディは彼から離れようとして、暖炉に触れそうになった。

「ぼくの間違いかな? パーティで名前を教え……庭で悲鳴をあげたのを別として……今夜きみは口をきいていないね。一言も! いったいどうなってるんだ、アマンダ?」

マンディは身震いした。両手を毛布の下からそっと出すと、たちまち毛布は膝まで落ちた。彼女は両腕を上げて無言で訴えた。指が奇妙なパターンで動く。

「冗談じゃない」ブライアンはどなった。「もう夜中の三時だよ、ゲームにつき合う気分じゃない。ちゃんと口をきいてくれ!」

マンディは混乱して何も答えられなかった。立ち上がると、毛布は床に落ちた。暖炉の火を背に彼女が裸のまま立ったので、ブライアンはぎょっとして息をのんだ。マンディは一歩踏みだしてバッグを取ると、中から金属製の小さな札を出した。〈医療上の注意〉という浮き彫りがされている。それをブライアンに手渡して、彼の表情を見守った。暗くて字が読めないので、彼は暖炉に近づいた。マンディは札の文字を暗記している。上の部分には緊急用の電話番号があり、その下には〈患者は口がきけません。軽度の恐水病あり〉と書いてあるのだ。

「ああ、なんてことだ」ブライアンのつぶやきはどこか遠くから聞こえてくるようだった。

一瞬、彼女の思いは過去に引き戻された。自分のすすり泣きと、「声を出しちゃだめよ、二人とも殺されてしまうから」という母のささやきが聞こえる。暗闇の中に沈んでいく彼女の体を、ブライアンがとっさに支えた。

3

太陽が大西洋上に顔を出すころには、厚い雲が少し残っているだけになった。鳥も活気を取り戻したが、マンディには鳥の声がまったく聞こえなかった。ゆうべ興奮したのとずぶぬれになったのが災いして、朝の八時には体温が四十度にまで上がり、呼吸困難に陥った。大きなベッドで何度も寝返りを打ったが、マンディ自身はそれも知らなかった。

続く数日の間にはときおり意識を取り戻すようになり、部屋に出入りする人の声を聞くこともあった。優しい手が自分に触れて診察するのも感じた。冷たい水の感触や、着替えをさせられたこともわかった。その間ずっと大きな頭がベッドの端にあったことも覚えている。重苦しい息づかいをし、ときにはあくびをして巨大な歯をむきだしにする。頭や声や音、自分に触れるものと手。マンディにわかったのはそれだけだった。

一時的に意識が回復したとき、彼女は空白の時間を埋めようと努力した。心のどこかで〝わたしは彼を愛している〟という言葉がひっきりなしに響いている。誰を愛しているの？　恐ろしい歯を持つ頭？それとも記憶の中にある、あの天井まで伸びていった人影？

頭がひどく痛む。また息苦しくなり、恐怖に襲われた。と、外の光が不意に断たれた。マンディは灰色の世界に横たわり、まわりを囲むビニールのテントに酸素が吸入される音を聞いていた。いつしか眠りに誘われて、腕に注射針が刺されたことにもほとんど気づかなかった。やがてマンディは唐突に目を覚ました。

頭は同じ場所にあった。犬だ。玄関でマンディを見張っていた二匹の犬の片割れだ。犬はベッドの端に頭をもたせかけ、まばたきもせずに彼女を見つめていた。マンディが身じろぎすると大きな舌で彼女をなめた。うれしそうに揺れ動く尻尾《しっぽ》が木の床をたたいて大きな音をたてる。その音でミセス・ダガンが目を覚ました。彼女は窓辺の揺り椅子でうたた寝していたのだ。

「ああ、やっと意識が戻ったわね」ミセス・ダガンは陽気な声で言った。そしてゆっくりと体を起こし、わき腹をさすった。「長いこと座りっぱなしだから筋肉が張ってしかたないわ」笑いながら言う。「これを少しお飲みなさい」マンディの口元まで冷たいグラスを運び、彼女がやっとのことで二口するのを見守った。「とても心配したんですよ。旦那《だんな》さまときたら、手負いの熊《くま》みたいに階段を上がったり下りたりなさって！　ヒンソン先生までおどしたりなさったんですよ！　先生は立派なお医者さまなのに。あなたを死なせたら、ただではすませないって！　偉い先生に向かってそれですもの。この古い家であんな騒動が起きたのは、おばあさまがお亡くなりになって以来のことですよ」

マンディはほほ笑んだ。わずか一晩でずいぶんたくさんのことが起こったものだ。もしミスター・ストーンがわたしの愛する男性だとしたら、すてきじゃない？　でも、それはばかばかしい想像だ。一夜のうちに――あるいは一回のキスで恋に落ちる者などいるはずがない。少なくとも、良識あるアマンダ・スモールの場合はありえない。第一、彼はかんしゃく持ちだ！　マンディはため息をついた。解決すべき問題が多すぎる。彼女は再び吐息をついて、眠りに落ちていった。

次に目覚めたときには、外は暗くなっており、ベッドのそばの小さなランプがついていた。犬はまだ同じ場所にいて、マンディが動くとすぐに注意を向けた。窓辺の椅子には手足を広げて体を預けている人影があった。ブライアンがぐっすり眠り込んでいるのだ。

マンディは薄明かりの中で彼を観察してみた。特にのっぽというわけではない。大柄なだけだ。短い髪は、刈り入れ後の麦わらとウィンチェスター・ビーチの砂をまぜ合わせたような色だ。濃い眉は、高い鼻のつけ根でくっつきそうだった。眠っている彼は、傷つきやすそうに見える。起きているときはあんなに力にあふれているのに。

ブライアンのほうへ手を伸ばしたとき、自分が黄色いばらの模様の入った白い木綿のネグリジェを着ていることに気がついた。襟ぐりが深く、両肩がむきだしになっている。よく見ると、体が透けて見えるような生地だった。むきだしになっているのは肩だけじゃないわ！　マンディは声をたてずに笑った。

犬が立ち上がった。さっきまでは床に座って頭をベッドにのせていたのが、いまや前足までベッドにのせて大きな舌でマンディの腕をなめはじめた。とても大きい犬だわ！　まるで小型のポニーね。彼女はいままで目にした犬の種類をすべて思い描いてみた。そうだ、これはグレートデーンだわ！　犬にほほ笑みかけ、体を近づけて耳の後ろをかいてやると、犬は顔をなめた。マンディが荒っぽい愛情表現を受けてもがいたので、ブライアンは目を覚ましてベッドへ突進してきた。

「下りろ、ライザ。下りるんだ、ばか者が！」

犬は主人のほうへ顔を向けた。マンディはライザの首に腕を回し、巨大な頭を胸にぎゅっと抱き寄せた。またしてもライザはところ構わずなめはじめる。

ブライアンは笑いながら犬を床に下ろした。

「すまない、アマンダ。こんなことは初めてだよ。ライザはもともと屋外で飼うべき犬なんだ。いつもはぼくの行く先々へついて回る。ところがこの六日間というものは、一日じゅうきみのベッドにつきっきりで、部屋から出ようとしなかったんだよ。で、気分はどうだい？」

マンディは彼にほほ笑みかけ、指でオーケーのサインを出した。喉が渇いているし、頭もまだはっきりしない。六日間も寝たきりだったの？　ブライアンにストローのついたグラスを差し出され、マンディはうれしそうに液体を吸った。レモンとライムのミックスジュースだ。

「少し起きてみるかい？」マンディがうなずくと、彼は枕《まくら》二つをふくらませてヘッドボードにもたせかけ、彼女のわきの下に優しく手をそえて座らせた。

彼女はあたりを見回した。

まるで女王の部屋だわ。マンディはおかしくなって心の中で笑った。室内はとても清潔で、ベッドの備品は白一色、ネグリジェとおそろいだ——そう考えたとたん、ネグリジェが透き通っていることを思い出し、彼女はさりげなく毛布を少し引き上げた。ブライアンはそのしぐさに気づき、にやにやしながらメモ帳と鉛筆を渡した。

マンディの脳裏にさまざまな思いがどっと押し寄せてきたが、まだ筋道立てて考えられない。

「すぐにほかの飲み物も運んでくるからね」ブライアンが話しかけた。

マンディはメモ帳をさっとつかみ、「六日間？」と書いた。

「そう、六日間だ」彼は穏やかに言った。「ダンスをしたのは先週の土曜日、そして今日は金曜日だ。きみはつらい目にあっていたわけだよ、お嬢ちゃん。ヒンソン先生の診断によると、流感、極度の疲労、ショック、それに肺炎を併発したそうだ。しかし、峠は越したと思うよ」

マンディはかぶりを振ってため息をついた。またお嬢ちゃん！　でも、彼に子供だと思われるのがなぜそんなに気にかかるの？　ふと、頭の片隅にある記憶がよみがえってきた。ことあるごとに子供だと言われたので、もう大人だということを証明するために、暖炉の前で……ああ、いや！　マンディの顔は真っ赤に染まり、鼻の頭にある二つのそばかすが浮きでた。あんなまねをしてはいけなかったのに！

「何も心配することはないよ」ブライアンは彼女の顔が赤くなった理由を誤解した。「まだきみのご両親とは連絡がつかないんだ。アマンダ・スモールのことを気にかけているのは、この近辺ではヒンソン先生だけらしいが、先生にきみのことをきく時間がなかったものでね」言葉を切ってアマンダを見下ろした。彼女は目を丸くしてブライアンを見ている。

「アマンダ、きみのご両親は？」

あなたとヒンソン先生だけがわたしのことを気にかけてくれているのね。マンディはしみじみ思った。

「両親は亡くなったの」と彼女は書いた。「それに、ミセス・パーセルはニューポートの妹さんの家に行ったわ」

「その人はきみの叔母さんか何か？」

「家政婦さん」小さなメモ帳には多くを書けないし、ミセス・パーセルについて説明する場合は、慎重にならなければいけない。

「親戚《しんせき》は一人もいないのかい？」

驚いた口振りから推して、彼は大家族の出にちがいない。でも、だとすれば彼の家族はどこにいるのだろう？　そしてわたしの場合は？　ああ、家族がほしい。心から愛し合える家族が！

目に涙がにじむ。マンディは必死に涙をこらえた。アマンダ・スモールは泣いてはだめ。彼女は自分にきっぱりと言い聞かせた。そして涙を見られないようにうつむいた。

ブライアンが口を開きかけたとき、ミセス・ダガンが温かいスープを運んできた。彼女はブライアンを追いだして、マンディの首に大きなタオルを巻き、スプーンですくって飲ませた。マンディの胃は抗議の声をもらしたが、それでもどうにか飲みほした。

するとミセス・ダガンはとびきり優しい笑顔を見せ、マンディに手を貸して浴室に連れていき、そのあとまたベッドに入れてブロンズ色の巻き毛をとかした。十回ブラシをかけたころにはマンディは眠り込んでいた。

それから三日後、自力でベッドから起き上がれるようになった。さらに二日たつと、階段を下りてあちこち歩けるようにもなった。衣類がなくて最初はとまどったが、あるときジーンズとブラウスが三枚ずつベッドのわきに用意されているのを見つけた。マンディは邸内を探検して回った。一室だけ、彼女の入れない部屋があった。ブライアンの仕事部屋だ。

「旦那さまのお仕事中には邪魔しちゃだめよ」キッ

チンでコーヒーを飲みながら、ミセス・ダガンが説明した。「ここの農場は二十年前からもとが取れなくなってしまってね、旦那さまが筆一本でわたしたちみんなを支えてくださってるの。筆が進まないと、旦那さまはものを投げつける癖があるのよ。かんしゃく持ちなのね」

「何を書いてらっしゃるの?」マンディはキッチンのボードに質問を走り書きした。

「お金になるものならなんでも」ミセス・ダガンは笑った。「ほとんどは、グラマーな金髪女性がいっぱい出てくる冒険小説だけど。大金を稼いでらっしゃるわ」

マンディは声のない笑いで体を震わせながら、頭を素早く回転させた。彼はかんしゃく持ちですって? だけど、完璧《かんぺき》な人なんていないものよ。ものを投げて気がすむのなら、そうしたって構わないんじゃなくて? そのとき仕事部屋ですさまじい音が響き、会話は中断された。

「まあ」ミセス・ダガンは嘆いた。「あれはテープレコーダーだわ。もうあんまり予備も残っていないのに。万一に備えて、戸棚から別のを持ってきたほうがよさそうね」

すごい! 彼の投げ方はすさまじいわ。今朝もまたかんしゃくを起こしているのなら、近づかないほうがいいわね!

マンディはキッチンを出ると、廊下をぶらぶら歩いて仕事部屋と書斎の前を通り過ぎ、昔は応接室だったと思われる部屋に行った。小型の黒いグランドピアノが目に入る。マンディはあたりを注意深く見回して人がいないのを確かめると、小走りにピアノの前に行った。そしてふたを開け、大きな椅子に座ってペダルに足をのせ、そっと音階を弾いてみた。

ピアノは完璧な状態に保たれていた。塩分を含んだ湿気のある地域では、完璧に調律するのはむずかしいのだが。マンディは無意識に指を動かし、お気に入りの短いウィンナー・ワルツを何曲か弾きはじめた。三十分ほど弾いているうちに手首がだるくなったので、甘い調べの曲に変えた。後ろに大きな犬が来て冷たい鼻で背中をこづいているのに気がついたのは、弾き終わって指を鍵盤《けんばん》に休めたときだった。

彼女とこの犬の関係は、奇妙なぐあいに進展していた。マンディの病気が治るまで、ライザはずっとそばで見守っていたが、そのあとは姿を消した。それでも昼夜を問わず、ときどき現れてはマンディを注意深く観察し、またいなくなる。

ブライアンはマンディに用があると、いつもライザを使いによこすようになった。その場合、ライザはマンディの手首をそっと口にくわえて、ブライアンが待っている場所へ案内する。いまもそうだった。ブライアンは書斎で待っていた。

「飲み物は?」彼がたずねた。マンディは首を振った。アルコールは性に合わないし、先刻の騒音が示すようにブライアンがご機嫌ななめだとすれば、理性を保っておきたい。だが、彼はちっとも怒っているように見えない。それどころか、少年っぽい笑みまで浮かべている。「レモンとライムのただのジュースだよ。ミセス・ダガンはレモンとライムに夢中らしい。ぼくはあえて何も言わないがね」

そう、きっとあなたは何も言わないでしょうね。マンディは心の中でつぶやいた。この屋敷にいる者があなたの気にさわることを何か一言でも口にしたら、家が吹き飛ぶほどの勢いでどなりつけるんでしょうけど! 彼女は安全策をとるほうがいいと思い、グラスを受け取った。少し喉が渇いてもいた。

「きみの演奏はすばらしいね」ブライアンは言った。「家じゅうの者が手を休めて聴き入ったと思うよ。練習すればかなりの線まで行けるんじゃないかな」

ほほ笑みながら敬意を表してグラスを掲げる。マンディはかぶりを振ってメモ帳を捜した。最近はあらゆる部屋にメモ帳が用意してあるらしいのだ。

「いいえ」と彼女は書いた。「わたしの手は小さすぎるから、これ以上は上達しないわ」

ブライアンは彼女の表情を探って落胆の色を見つけようとした。こういう場合、ほとんどの人間は意気消沈するものだ。ところがマンディにはそんな表情はまったくない。一流の演奏家をめざすには手が小さすぎることを、事実として受け入れているのだ。

「ところで、きみに話したかったのは」ブライアンは続けた。「やっとミセス・パーセルの居場所を突き止めたってことだ。知らせを受けて、彼女は明日早くに戻ってくると言っていたよ。きみの体調さえよければ、明日の十一時ごろに車で送ろう。ついに家に帰れるってわけだ。どんな気分だい？」

彼はマンディが喜んで笑顔を見せるものと期待していた。ところが、その期待は裏切られた。彼女は驚きのあまり本心を隠すことができなかった。住みなれた家に帰れるのはすばらしいはずだ。あそこには丹精したばら園もある。でも、なぜかもう〝家に帰る〟という気分になれない。

ブライアンはマンディを抱き寄せ、背中をさすった。「どうしたんだい？　家に帰りたくないのかい？」

その質問に対する答えは複雑すぎて、文字に書き表せなかった。マンディは体を離し、手話を駆使して説明しようと精いっぱい努力した。が、彼は絶望して両手を上げた。

「まるで理解できないよ！　手話を勉強しなくちゃね。本当に家に帰りたくないんだったら、明日はぼくもいっしょに行こう。そして、いやならまたここへ戻ってくればいい」

彼がそう言ってくれたので、長い説明文を書かなくてすみ、マンディは安堵《あんど》の吐息をついた。ブライアンは返事を待っている。彼女は感謝の気持を手話で示した。

「それがありがとうっていう意味なら、どういたしまして」ブライアンはマンディの額に口づけした。

翌日は陽光の降り注ぐ暖かい一日になった。二人はブライアンの小型のMGに乗り込んだ。手荷物棚とシートの間にライザがうずくまっている。ほろがたたんであるので、風がマンディの髪をなぶった。彼女の顔は輝いていた。車が角を曲がってティックル・ストリートに入り、やがて港に通じる曲がり角を過ぎると、マンディはブライアンの腕を引っ張って右を指さした。木立に囲まれた古い家が風格のあるたたずまいを見せている。車は正面入口の前に横づけにされた。

マンディは彼を案内して門を通り抜け、正面の小道を進んでいった。玄関に出ている小さな道しるべには、いまもマンディの両親の表札が下がっている。表札を下ろすつもりはない。彼女は一瞬立ち止まり、それから木の柱を人さし指で軽くたたいた。

二人が玄関のステップを上がる前にドアがぱっと開いて、ミセス・パーセルが現れた。彼女の痩《や》せた体はゆったりした黒いドレスに包まれ、白髪は後ろでまとめられている。「やれやれ」ミセス・パーセルは言った。「ダンスに出かけてごたごたを起こすと思っていたのよ。だから言ったのに、あなたは耳を貸そうともしなかったわね」

マンディは対話できる距離で立ち止まり、口をぱくぱくさせながら両手を動かした。「ダンスのせいじゃないの。ダンスはうまくいったのよ。終わったあとで雨に降られて肺炎になってしまったので、ミスター・ストーンがベッドに休ませてくださったの。そしてご親切に看護して、お医者さままで呼んでくださったのよ」

ミセス・パーセルは眉をひそめた。「ほら、ごらんなさい。ダンスに出かけたってろくなことないのよ。それに、彼のベッドで過ごしたって？ どういうことです、ミスター……？」マンディの頭ごしにブライアンを見る。そのまなざしは冷たく、ちゃんと説明するようにと要求している。

マンディは後ろに下がってブライアンに寄りそった。ミセス・パーセルの冷ややかな応対ぶりに身震いする思いだった。

ブライアンはマンディの肩に手を置いた。「ぼくの名前はストーンです。お会いできて光栄です」低い声が三人の背後のがらんとした廊下に反響した。ミセス・パーセルは好感を持ったようだ。「マンディをぼくの部屋で休ませたのは、浴室がついているからです。その間ぼくと家政婦のミセス・ダガンが交替で窓辺の椅子に座っていました。ほんの少しでも眠る時間ができると、ぼくはばす織りのソファを廊下に出して横になったわけです。ところで、あなたはミセス・パーセルですね？」

「ええ、そうですわ。どうぞお入りになって」ミセス・パーセルは手振りで示し、わきに体をずらして彼を通した。

三人は小さなキッチンでコーヒーを飲んだ。ほかには何も出なかった。

「丁重なおもてなしをする時間はありませんから」ミセス・パーセルは言った。「わたしはアマンダを十四のときから育ててきましたのよ。どんなお仕事をなさってますの、ミスター・ストーン？」

質問の意図を察し、ブライアンは挑戦を受けて立った。「ぼくは三十二歳で、生活のために小説を書いています。堅実な仕事ですよ。昨年は九万八千ドルの税金を払いました。両親は引退してハワイで暮らしています。既婚の姉妹二人と未婚の叔母一人、それに犬二匹もいます」

マンディはミセス・パーセルの表情を注意深く観

察した。ブライアンはとても礼儀正しくふるまってるけど、本当は腹を立てているとしたら？　マンディは彼の腕におずおずと手をそえた。

するとブライアンは彼女にほほ笑みかけ、その手を軽くたたいた。「それに、もちろんぼくは未婚です。さて、何か問題がありますか？」

「ええ、一つだけありますよ」ミセス・パーセルはかん高い声で答えた。「わたしはアマンダが二十一歳になるまで家を管理するために雇われたんですの。でも、もうその期間は過ぎましたわ」

「なんですって？」彼は驚いて問いつめた。「それだけのことだったとおっしゃるんですか？　単なる仕事だったと？　しかも、もう終わったと？」

マンディは再び彼の腕をきつく握った。ブライアンはいよいよ腹を立てている――それは間違いない。

ミセス・パーセルにも赤面するだけの慎みがあった。「アマンダとは縁続きじゃありませんから。障害のある子供を育てるのは苦労の多いものですよ。それにいまわたしの妹が病気ですしね。十歳以下の子供が三人もいるんです。わたしとしても、同時に二軒の家で暮らすわけにいきませんからね。血は水よりも濃いと言いますでしょ。もうアマンダも自分の面倒ぐらいは……」

「どうやらアマンダは、長い間自分で自分の面倒をみてきたらしいですね」ブライアンは冷たくさえぎった。「問題にお答えしましょう。この子は二週間ほどぼくの家で楽しく過ごしてきました。ですから、あなたは妹さんの家に戻れるわけです。マンディがぼくの家に来られるように、身のまわりのものを荷造りしてください」

「五百ドルのボーナスをいただくことになってたんですけど」ミセス・パーセルは主張した。「仕事が終わったとき現金でね。それをいただくまで帰るわけにはいきませんよ！」

「アマンダ?」ブライアンはマンディにもの問いたげな目を向けた。

彼女はうなずいて鉛筆をぎごちなく手探りし、「いまは手元に現金がないわ」と書いた。

「構わないよ」彼はそっけなく答え、ポケットに手を突っ込んで小切手帳を取りだした。「五百ドルですね?」小切手を切ってミセス・パーセルに渡す。

彼女は小切手をひったくって素早く目を通すと、折りたたんでポケットに押し込み、急に笑顔を見せた。「ここを夕方五時にたつバスがありますの」ミセス・パーセルはつくり笑いをして言った。「アマンダの荷物をまとめてきますわ。裏庭に出て、この子のばら園をごらんになってはいかがです?」

「ばら園?」ブライアンは問い返した。

「ええ。この子ときたら、教会とか裁縫とか人とのつき合いとか、まともなものにちっとも興味を持ってくれませんでね。もっぱら家に引きこもってばらをいじくってるばかりでしたわ」

マンディは怒りと反抗心ときまり悪さにかられて地団駄を踏んだ。頰を上気させ、手話で反論しかけた矢先、ブライアンが背後に回ってマンディをかかえ上げた。

「さて、ばら園はどちらです?」彼が陽気にきいた。

ミセス・パーセルはショックを受けた様子で裏口を指さした。マンディは自分の尊厳を守るために足をばたつかせ、もがいたが、すぐにおとなしくなった。二人は裏口から外に出た。

ブライアンは、自分が想像していたばら園とまるで違うものを見つけた。あっけにとられ、マンディを下ろして一段低いところにある庭園をまじまじと見つめた。庭園はほぼ四分の一エーカーの正方形の土地を二メートル近い高さのれんが塀で囲んだもので、その中に白い小石を敷きつめた散歩道が円を描いている。円の中心には、その一部を木立と色とりどりの花に隠された白い小さなあずま屋の屋根が見える。花壇の周囲を縫って走る二本の小道もあった。花々は気の向くままに四方八方に手を伸ばし、曲線を描いている。格子垣をはうつるばら。茎が行儀悪くあちこちを向いている象牙《ぞうげ》色のフロリバンダ。彩りをそえているのは、ハイブリッドティーローズ。グランディフローラに占領された花壇もある。そして、強烈な香りを放っているのは細い花壇に植えられたダマスクローズだ。

それらのばらのジャングルのまわりを、ほかの花の花壇が取り囲んでいる。いまは盛りを過ぎたチューリップ、そして鬼ゆり、ベゴニア。三色すみれとゼラニウムだけが植えられている花壇もある。庭園の三つの隅には、れんが塀を背にして楓《かえで》の木、桜の木、それに、家からいちばん遠いところにある小川の近くには、枝をたれた柳の木が立っている。残りの一隅には小さなロックガーデンがあり、岩と岩との間をかわいい滝も流れている。二人のすぐ正面にある塀の外には、開花期をとうに終えたライラックの木が密生している。ブライアンはつぶやいた。

「すごいものだね、アマンダ。みんな自分で植えたのかい?」

マンディは努力を認められてうれしくなり、にっこりした。が、間違いは正そうと、小さなメモ帳を取りだした。「重労働には男の人を雇ったの」

「へえ!」ブライアンはかぶりを振った。「どうやらぼくはきみを誤解していたようだ」

マンディは彼の手を取って階段を下り、あずま屋に通じる曲がりくねった道を進みはじめた。

あずま屋の中央には金属製の白いテーブルとおそろいのワイヤーチェア二脚が並んでいるが、華奢《きやしゃ》な椅子はブライアンの体を支えきれそうにない。マンディは近くにあるベンチを手で示した。彼はテーブルの前で足を止め、何冊かの本にさっと視線を走らせた。

「児童心理学、ドイツ語だね？」

マンディはうなずいた。

「ドイツ語が話せるのかい？　あっ、いや、ばかげた質問だ」手のひらで額をぴしゃりと打つ。「つまり、ドイツ語が読めるのかい？」

マンディはテーブルの上の紙をめくって大きなメモ帳を捜しだした。「読めるわ。サウスイースタン・マサチューセッツ大学の定時制に通っているの。子供や花、それにほかのことにもいろいろと興味を持っているから」

ブライアンは苦笑しながらかぶりを振った。「例をあげてみてくれ。ほかに何ができるんだい？」

マンディは思わず事実を話してしまいそうになった。寂しい少女時代を過ごしたため、知性偏重主義になったということを。しかし、心の奥底で注意信号が点滅した。男性はすばらしい知性と結婚するわけではない。すばらしいボディと結婚するのだ！

いずれにしろ、話すことはほかにもある。〝知性〟をひけらかさずにすむ、当たり障りのない話題が。

マンディはまず背中に両手を回し、次にその手を前に出すと手のひらを下にして指を動かしてみせた。

「ピアノ？　それはもう知っているよ」

マンディは首を振り、しかめ面をしたあと同じ動作を繰り返した。

「タイピングかな？」

彼女はほほ笑んでメモ帳に書いた。「秘書の訓練を受けているの。タイプなら一分間に五十ワード打てるわ。速記はそれほど速くないけど」

「まったく見事なものだ！」ブライアンは大声をあげた。「まぬけな秘書が辞めたものだから、この一週間ぼくは悲鳴をあげている始末でね。アマンダ、ぼくのために働いてくれないか？」

まあ、最高というか最低というか。マンディはとっさにそう思った。ブライアンのために働きたいけれど、彼は平気で人をどなりつける。奴隷を雇うつもりでいるのではないかしら。タイプ以外のことも求められたらどうしよう！　わたしはそちらの方面にうといのに。彼のために働けば、わたしのことをすてきな女の子だと思ってくれるかもしれない。でも、もちろん、わたしは絶世の美女ではないから、もしかして……。あれこれ考えているうちに、ブライアンのために働くことがとても魅力的に思えてきて、マンディは顔を真っ赤に染めた。

「どうかな？」

イエス、と彼女は口を動かした。読唇術か手話、あるいは両方をブライアンはすぐに学ぶべきだわ。

彼女はメモ帳に手を伸ばし、「電話の応対ができないわ」と憂鬱《ゆううつ》そうに書いた。

「構うもんか」彼は叫んだ。「考えてもみてくれよ、ぼくのために！　言われたことを口答えせずに実行する秘書！　最高じゃないか！」

それが目的なのね。彼と並んで家に戻る間、マンディはうんざりしながら考えていた。言われたことを文句も言わずにする女の子がほしいんだわ。扱いやすい従順な女の子が。アマンダ・スモール、世の中は楽しいことばかりではないのよ。見ててごらんなさい、自立心の旺盛《おうせい》な議論好きのアマンダが、もっとも従順な女の子に変身してみせるから！

二人は四時に車に乗り、ミセス・パーセルに別れを告げた。

帰りは行きよりも時間がかかった。マンディの荷物が増えたせいでライザの席が取れず、そこでブライアンは時速八キロのスピードで運転し、巨大な犬は車のわきをゆっくりと走ることになったのだ。帰宅すると、ミセス・ダガンが出てきた。

「夕食はテーブルに用意してありますよ」彼女は声をかけた。「わたしはちょっと急いでいるんです。

今日は父のぐあいがよくないので。マンディはこの家にいることになったんですか?」最後の質問が出たのは、車の後ろの荷物を見たあとだった。

マンディは興奮しながらうなずいた。ブライアンがきびきびした口調で肯定すると、普段は陽気なミセス・ダガンの顔がくもった。彼女は雇い主の腕を取ってその場を離れ、何やら相談を始めた。離れた場所にいても、ブライアンの顔が赤くなっているのがわかり、マンディはびっくりした。男性が赤くなったりするとは思わなかった。彼の髪が風に乱され、ときおり額にかかった。ブッシュジャケットは広い肩とたくましい腕をあらわにしている。袖《そで》の先から金の腕時計が見えた。

どうやら二人は合意したようだ。ミセス・ダガンは陽気に手を振りながら階段を下りていった。一方ブライアンはマンディのところに戻り、彼女の腕を取って足早に書斎に入った。そしてデスクに腰を下ろすと、すぐさま受話器を取り上げた。マンディはデスクの近くにあるスツールに座った。

ブライアンが身を乗りだして、彼女の髪をくしゃくしゃにした。「ぼくは慎みを忘れていた。ミセス・ダガンにしかられたよ。きみは子供じゃないからね、マンディ」

まあ、ありがたい。やっと理解してくれたのね。彼が九桁《けた》の番号を押すのを見ながらマンディは思った。

回線がつながるのを待つ間、彼はさらに続けた。「ミセス・ダガンがここにいるのは日中だけなんだ。父親の看護にかなり時間がかかるのでね。何しろ八十七歳だから。彼女は週末もここにいられない。同じ屋根の下でぼくと二人きりで暮らせば、どうしたってきみの評判は落ちてしまう」

マンディは用心深く立ち上がり、スツールを彼から数センチ離した。わたしの評判が落ちる? 彼にそんなまねができるわけないわ。だがブライアンはすでに電話のほうへ注意を戻している。

評判が落ちるなんてことにはならないと言いたい。わたしは自立心旺盛だとも言いたい。言いたいことは山ほどある――これが最大の難問だ。彼に告げる方法がないのだ。

マンディは青ざめた。小児科病院にいる間、自分には障害はないと、違った言葉を話すだけでほかの人と変わりないと、医師や看護師から教え込まれた。マンディと接する人たちすべてが彼女の言葉を理解しようと努力してもいた。ところがこの数日間、状況がまったく変化したため、彼女は混乱と不安に陥っていた。

そしていま、マンディは重大な局面を迎えている。そんなとき障害のために、知らせたいことすべてをブライアンに告げられないのではないかと思うと、恐ろしさに押しつぶされてしまいそうだった。


ブライアンは電話に注意を向けていて、彼女の苦悶《く もん》に気づかなかった。呼び出し音が鳴っている。彼は別のボタンを押して受話器を戻した。今度はデスクの上の小さなスピーカーからベルの音が響いてくる。マンディが少し近づくと、ブライアンはまた彼女の巻き毛に軽く触れた。スピーカーつきの電話なので、マンディにも双方の会話が聞き取れる。女性の声が答えた。

「もしもし、ローズ叔母さん。ブライアンです」

「ブライアン？」疑わしげな口振りだ。「二年間も音さたなしだったわね。調子はどう？」

「元気ですよ。でも、ちょっとした問題があって」

「どうせそんなことでしょうよ」

「ローズ叔母さん、しばらくの間トランプ遊びをやめてくれませんか？　こちらへ来てほしいんです」

「ずいぶんむちゃな注文をするものね、ブライアン。フロリダのライフスタイルをすべてなげうって、あなたのためにわざわざ北へ飛べっていうの？」

「まあ、そんなところです。どうしても叔母さんに来てほしいんですよ」

「家政婦に何かあったの？　確か……ミセス・ダガン、だったわね？　わたしは家事が不得手なのよ」

「そうじゃないんです。ただ、ぼくは……叔母さんには信じてもらえないでしょうね！」確信に満ちた口振りだ。「ぼくはいま窮地に陥っているから、住み込みのお目つけ役が必要なんです」

一瞬の沈黙ののち、爆笑する声が響いた。「電話が混線してるのかと思ったわ。何が必要ですって？」

「ふざけないでくださいよ」彼は深刻な口調で言った。「困っているからお目つけ役が必要なんです」

再び意味ありげな沈黙が流れた。「ブライアン、ほかの甥《おい》っ子たちの頼みだったらわかるわ。だけど、あなたが？　十四のときから女の子を追い回して、いまだに治っていないっていうのに！」

「頼むから……ローズ叔母さん！」ブライアンはかんしゃくを起こしかけている。マンディは慎重に彼から離れ、身をかわす態勢を整えた。これまでのところはとても楽しい会話だ！「そばに人がいるんです」彼は続けた。「緊急事態なんですよ。来てくれますか？」

「女の子がいるのね？　話をさせてちょうだい」

「いますが話せないんです」

「彼女の口から手を離して、わたしと話させて」

「ローズ叔母さん！　彼女はしゃべれないんです」

「まあ」叔母は鼻を鳴らした。「まゆつばものね」

そしてまた沈黙が漂う。「お客さまが来るのよ。あなたも知っている若いカップルを招待したの。競馬シーズンが終わったあと、パリからこちらへ来ることになっているのよ」

「じゃ、二人をこちらに招待すればいいじゃないですか」ブライアンは素早く言った。「天候はいいし、海開きの季節でもあるし、うちのプールも洗っておきますよ。来てくれますね？」

「おやおや」叔母は笑った。「声が震えているのがわかるわ。ニューイングランドの女たらしもついに理想の女性に会えたというわけ？　気をそそられる話ね。しかも、その女性はわたしと話せないというのね。わななんでしょ？　わたしがミステリーに弱いのを知っているものだから。で、いつ行けばいいの？」

「明日」そう言ってブライアンは反論を待ったが、何もない。「明日早めに。どの便の飛行機で来るか知らせてくだされば、プロヴィデンスまで迎えに行きますよ」電話はかちゃりと音をたてて切れた。

ブライアンはかぶりを振ってマンディに顔を向けた。マンディはまた少し離れて彼の目を見つめた。きれいな目だ。ライザの目と同じくらい魅力的な瞳だ。でも、ライザはわたしを愛してくれている。

「問題は解決したと思うよ、アマンダ。きみにも異存はないかい？」

まあ。マンディは無意識に膝の上でこぶしを握った。わたしに異存はないかですって？　さまざまな思いがよぎってとうてい紙に書ききれない。だから彼女はこくんとうなずいただけだった。

4

その日興奮しすぎたせいで、マンディの頭は混乱していた。階段を駆け上がり、荷ほどきをし、シャワーを浴びたあと、お気に入りのピンクの花模様の短いネグリジェを着てベッドに入った。とうてい眠れそうにない。何度も寝返りを打ち、一日のうちに起こったことを反芻《はんすう》してみる。すべての出来事がブライアンを中心に始まった。

風を切って運転したブライアン。ばら園をほめてくれたブライアン。ミセス・パーセルの裏をかき、わたしを抱き寄せてくれた。彼は同居することさえ承知してくれた！　お返しとしてわたしが求められているのは、言われたとおりにすることだけ！　ただし、その条件をのむのは屈辱的だ。従順とは言えないわたしが、いったいいつまでにこにこ笑って耐えていけるだろうか。あまり長くはなさそうね。彼女のニューイングランド魂がそう答えた。

やっと眠りに落ちたあと、エドワード王時代の夢を見た。夢の中でマンディはイングランドの古い荘園《しょうえん》に閉じ込められ、邪悪な心を持った伯爵のなすがままになり……その時点ですべてが暗闇《くらやみ》の中に溶けていった。

マンディはゆっくりと目を覚ました。まだ夢にとりつかれているらしく、残忍な伯爵に手首をつかまれ、ベッドから引きずりだされそうになっている。片目をこじ開けてみると、伯爵の姿は消えてライザが現れた。ライザの大きな歯がマンディの右手首をしっかりと、しかし傷つけないように優しくくわえている。

彼女はベッドわきの時計に素早く目をやった。十時だわ！　遅くとも八時には仕事の準備をするとブライアンに約束したのに！　空いているほうの手でぱっと毛布をめくり、スリッパに足を突っ込んだ。犬は浴室に立ち寄るすきも与えず、ひたすら戸口にせきたてる。

こんな格好で部屋を出ていくわけにはいかないわ。そう思ったが、犬は引っ張り続けている。ライザはマンディとほぼ同じ体重だし、それにライザとの友情が本物かどうか、まだわからない。マンディが抵抗した場合、ライザがどんな行動に出るかわからないのだ。戦いはいとわないが、負けるとわかっていて始めるのは愚か者だけだ。

彼女は左手で部屋着をひったくり、必死についていった。

犬はマンディを引っ張って階段を下りると、右に曲がって日差しを浴びているキッチンに入った。ライザは任務を終えたと考えてマンディの手首を放し、キッチンテーブルの下に行って寝そべった。

室内は静まり返っている。会話が唐突に打ち切られたらしい。ブライアンと年配の男性がテーブルについており、流しの前にはミセス・ダガンと若い女の子が立っていた。

「なんて格好なんだ、アマンダ」ブライアンが非難した。「上に何かはおりなさい！」

そのとたんマンディは、明るい陽光を受けてネグリジェが透けて見えることに気づいた。ブライアンをにらみつけ、右腕を上げてみせる。彼はすぐにやってきて手首をつかむと、じっと見た。ミセス・ダガンがマンディの反対側に回り、腕からたれ下がっている部屋着をつかんで手早く着せかけた。

「けがはないかい？」ブライアンはまず心配そうにたずね、それから困惑の色を見せた。「ぼくがライザを行かせたわけじゃないんだ！」

マンディは間接的な謝罪を受け入れてほほ笑んだ。

「行かせたようなものですよ」ミセス・ダガンが腹立たしげに口をはさんだ。「旦那《だんな》さまときたら、ずうずうしくキッチンに入ってきて歩き回ったあげく、わめいたんですから、〝マンディはどこだ！〟ってね。だから、ライザは迎えに行ったんです！」

ミセス・ダガンはしゃべりながら部屋着のファスナーを上げた。マンディは驚きのあまり、笑うべきか泣くべきか、座るべきか逃げだすべきかもわからなかった。テーブルについている年配の男性は、じっと靴ひもを見つめている。一方、若い女の子はくすくす笑っている。マンディが彼女のほうへ近づくと、ブライアンが紹介した。

「ベッキーだ」彼はブロンドの女の子の体に腕を回して引き寄せた。「ベッキーはミセス・ダガンの手伝いをしている」今度はテーブルのそばに行き、男性の肩に手を置いた。「こちらはミスター・ケイレブ・ラザフォードだ」男性は立ち上がり、ひょろ長い体を伸ばした。ブライアンより数センチ上背がある。にやりと笑った拍子に、日焼けした顔にしわが寄った。「ミスター・ラザフォードは農場の管理から車の運転、壊れ物の修理、いかさまポーカーまでなんでもござれだ」

その男性はしばらく黙ってマンディを見つめ、それから無骨な手を出して彼女の手を包み込んだ。「こんにちは」挨拶《あいさつ》がすむと再び椅子にかける。ブライアンはマンディにも座るようにと合図した。「コーヒーをもう一杯どうだい？」彼はラザフォードに問いかけた。

「別に害にはならんだろう」ラザフォードは言った。

ベッキーがコーヒーポットを運び、ミセス・ダガンは料理に専念した。

二杯目のコーヒーを飲み終わると、ラザフォードはまた立ち上がった。「あんたはあんまりしゃべらないね」彼はマンディにたずね、返事を待たずに

「結構なことだ。おしゃべり女ほど始末の悪いものはないからね」と言って戸口に向かった。「あんたさえよけりゃ、農場を見に来ても構わんよ」そして彼は立ち去った。

ミセス・ダガンがベーコンエッグの皿を持ってやってきた。「ケイレブが女性と打ち解けて話すなんて、初めてだわ」くすくす笑いながら言う。「あなたはヒットを飛ばしたわね、アマンダ」

「もちろん、彼は半裸でキッチンに入ってくる女性を見たこともあまりないだろうね」ブライアンはぴしゃりと言った。

ミセス・ダガンが両手を腰に当て、ひとにらみしたので、ブライアンはすくみ上がった。

「旦那さまの犬が悪いんですよ」ミセス・ダガンにはっきりと言い返され、またも彼は首をすくめた。

「実際、あの犬の態度はさっぱり理解できないよ」

ブライアンは考え込んだ。「八年間ずっとライザは優秀な番犬だった。感情で行動するタイプじゃなかったよね?」ミセス・ダガンに同意を求める。彼女はうなずいた。「ところがここへ来て突然、アマンダを自分の分身のように受け入れている。どういうことなのか見当がつくかい、マンディ?」

マンディはにんまりしてキッチンボードのチョークを取り、「ライザはわたしの母親のつもりなのよ」と書いた。ブライアンはぞっとしたような顔をしてかぶりを振った。表情豊かな唇にはかすかに笑みが浮かんでいる。悪魔？　聖者？　それとも両方？　マンディは心の中で思った。

「いいかい、お嬢ちゃん」彼はマンディの肩をたたいた。「きみがタイプできるように、もうテープ二本の吹き込みを終えている。次の金曜日までに、五万語を生みださなきゃ住宅ローンが払えないんだよ」

マンディはくっくっと笑うしぐさをしてテーブル

から腰を上げた。そしてキッチンをあとにすると、階段に向かった。

マンディはジーンズに着替えながら先刻の会話を残らず反芻してみた。話したいことが山ほどある――ブライアンにも、ミセス・ダガンにも、ほかのみんなにも。それなのに、彼らはマンディの言葉が話せない。先の細い長い指を見下ろしながら、残念に思った。用心しなきゃいけないわ、あの男性にあっさり恋をしてしまいそう。きっとわたしは一種のマゾヒストなのね。マンディは胸の中でそうつぶやいた。

彼女が階下に下りたときにはブライアンは仕事部屋のソファに足を上げて座り、新しいテープに吹き込みを始めていた。彼はテーブルにマンディを手招きした。そこでは録音再生装置と三本のテープが待ち構えている。マンディは自信を失って首を振った。赤十字で感謝の手紙をタイプするのとはわけが違うのだ！

「どうかしたかい？」ブライアンは吹き込みを途中でやめてたずねた。

マンディは彼のほうへ目をやり、「あなたを愛しているわ」と手話で話した。

「何に感謝してるって？」ブライアンがたずねる。マンディは背中を向けて涙でぬれた目を隠した。「そこにあるのは全部だ」彼はテープを指さした。「急いで仕上げなきゃならない分だ」そしてさっとソファから腰を上げる。その拍子に、彼の腕で危なっかしくバランスを保っていたテープレコーダーが床に落ちてすさまじい音をたてた。彼は痛烈な言葉を二、三口にした。以前マンディも耳にしたことがあるが、つづりは知らない。少なくともボキャブラリーは増えるわ。彼女はブライアンのほうへ向き直る前に、従順そうな顔をどうにかこしらえた。「ぼくはこう言ったんだ、それがぼくらの仕事だとね」彼はけんか腰で繰り返した。「本当はあまり興味がないんだろう?」

また男のエゴだわ。マンディはため息をついて、ゆっくりとほほ笑みを浮かべた。背中で両手を組み合わせ、体を前後に揺らして興味があるというそぶりをしたが、女性らしい印象を与えただけだった。

「ぼくたちが本当にしなければならないのは」彼はさっきより自然な声で言った。「毎日一時間ほどの手話の授業だ。ここでさっそく始めよう」

ブライアンは胸の前で腕組みをし、反対できるものならしてみろといった態度で彼女を見返した。手話の指導はマンディが定期的に行っていたことだ。指を鳴らして彼の注意を引き、最初のレッスンを始めた。むろん、〝愛している〟〝ありがとう〟〝おはよう〟などの表現は避けた。

十一時になると彼は終わりにしようと言った。

「指がゆでたスパゲッティみたいになってしまった」と不平を言う。「ぼくの出来はどうだい、先生?」

「優秀よ」手話で示す。「次は何をするの?」

「もちろん仕事だ」ブライアンは怒った声で言った。「休暇だとでも思っているのかい?」マンディが痛烈な返事を思いつく前に彼は背中を向け、コミュニケーションを断ち切った。

「悪党」マンディはブライアンの背中に向かって手を動かした。「札つきの悪党だわ!」

用心なさい、アマンダ・スモール。デスクにつきながら自分をしかった。彼はばかじゃないわ。優しい大きな熊《くま》に見えても、鋭い頭脳とそれにふさわしいほどのかんしゃくの持ち主なのだから!

マンディの祈りにもかかわらず、テープは姿を消してくれてはいない。いまも同じ場所に居座って彼女をにらんでいる。さっさと仕上げて、いますぐに! テープがそう要求している。彼女は舌を突きだした。彼の言いなりになるのはしかたないが、テープなんかに命令されるのはまっぴらだ！

マンディは椅子を引き寄せて高さと背もたれの位置を調節し、三枚セットの用紙を電動式タイプライターにはさんだ。指の準備運動をしてからヘッドホンを耳につけて聞き取りを始めた。最初の二行の文章をうっかり聞きもらしてしまった。テープを巻き戻して神経を集中する。ブライアンはゆっくりと口述し、会話の部分では、それぞれの登場人物に合わせて声を使いわけていた。ストーリーはおもしろい。イギリスの女性情報部員がひそかにサントロペにやってきて、縦横無尽の活躍をするという小説だった。言葉はマンディの耳から指へとよどみなく伝わりはじめた。キーを打ちながらも、彼女はストーリーに引き込まれていった。

だがそれも第二章にかかるまでのことだった。二章に入り、ストーリーが展開するにつれて、マンディの顔は赤くなっていった。ついに手を止めてブライアンをにらみつける。セクシーなスパイが人気を集めていることは知っているが、それにしても午後だけのうちに三人の男性と？

「編集者はいらないんだ」ブライアンはぴしゃりと言った。「必要なのはタイピストだ」

マンディはごくりとつばをのみ、タイプに戻って指に神経を集中させた。彼女の指は室内のあらゆるもの、あらゆる人物を締めだして、一分間に三十ワードというスローペースで打ち続けた。

ブライアンが肩に触れたとき、マンディは驚いて手を止めた。壁の時計は二時を示している。彼女は三本のテープのうちの二本をすでに清書し終えていた。ブライアンは彼女の頭からヘッドホンをはずして椅子から立たせた。

「ランチタイムだ。機械を休ませる必要があるしね。こんなに長い間ぶっ続けでキーをたたく音を聞いたのは初めてだと思うよ」

マンディは完成したページを手渡した。

彼は唇をすぼめ、「打ち間違いが一つもない」と畏敬《いけい》の念をこめて言う。

マンディはにんまりして自動削除キーをたたいた。ブライアンが大きな山猫よろしく伸びをするのを見て、いとおしさがこみ上げる。彼はかぶりを振り、指をマンディのあごにそえて顔を上向かせた。

「ボスに恋をしてはだめだ」そっと言う。「きみの気持はすべて顔に表れているよ、お嬢ちゃん。きみは、ぼくのような男と恋を語り合うには幼すぎる。一時的な感情にすぎないだろうが。絶対にいけないというわけじゃない。誰でもときには純粋な英雄崇拝の念にかられるものだからね。しかし、ぼくクラスの男を相手にするにはもっと経験が必要だ」

また子供扱いしているわ。マンディはむかむかした。震える手でメモ帳と鉛筆を取り、「もっと男性経験が必要だってこと?」と書いた。

「そうだ」ブライアンはにやりと笑った。

「男性の知り合いがあまりいないわ。何人か推薦していただけない? ミスター・ラザフォードはどうかしら?」まじめくさった顔つきで彼の目を探る。

マンディも本心を隠すのが上手になってきた。

ブライアンはスラックスに包まれた脚をぴしゃりと打った。「なんてことだ、マンディ。ぼくをわざとばかにしているのかい? 本気で言ったわけじゃないんだよ。むろん、ケイレブはだめだ。経験を積むためにあちこちをうろつくようなまねもしてほしくないね。さっき言ったことは忘れてくれ。これからは口のきき方に気をつけなくちゃ。きみはぼくの言葉すべてを真に受けているんだね?」

マンディはおもむろにうなずくと同時に、たったいま発見したことにぎょっとしていた。わたしは彼を愛している。いつからそうなったか自分でもわからないが、今日その気持が熟し、これまで感じたことのない激しさで心をかきむしる。ブライアンがどう思おうと、何を言おうと、彼を愛している。マンディはひそかに吐息をついた。

ブライアンは身をかがめて彼女に優しく口づけした。「さあ、昼食の時間だ」

軽い昼食のあと二人は散歩した。

ブライアンは屋敷の周囲を歩きながらいろいろと説明した。屋敷は農家を改築したものだった。舞踏室の増築を含め、改築によって屋敷はかなり趣味の悪い建物になっていた。「昔はサンルームだったんだ」尾根にのぼって屋敷を見下ろしながら彼は言った。「一八九〇年代、ぼくの祖父は上流社会に入ろうと夢中だった。彼はニューポートの大富豪すべてのまねができると考えたんだ。ある意味では正しかった。祖父は屋敷を自分の望みどおりに仕上げたんだからね。だが、無一文になって死んだよ」

マンディは彼におずおずと笑顔を向け、周囲を見回した。サッカリー・ポイントは高い土地にあり、一方はなだらかに下って潮の干満のある川まで続いていた。もう一方は切り立った断崖《だんがい》で、大西洋に面している。屋敷は沖へ吹く風を避けるために尾根より低い場所に立っていた。丘の中腹近くにりんご園がある。南に向かって進むと、とうもろこし畑と家畜用の飼い葉畑もある。しかし、屋敷とりんご園の間にあるプールぞいの庭園は趣味の悪いものだった。

マンディは庭園を指さしてかぶりを振った。

「庭園かい？」ブライアンはたずねた。「野性的な庭園もいいかなと思ったものでね」直射日光を受けてまぶしかったので、マンディは彼の目にからかいの色が浮かんでいるのに気づかなかった。

「ひどすぎるわ」マンディは手話で示した。

「ふむ？」ブライアンが言葉を返す。「今朝のレッスンではそんな手話は教わらなかったよ」

マンディは小さなメモ帳をつかみ、「ひどすぎるわ！」と殴り書きした。怒りにまかせて指に力を入れたので、最後に残っていた鉛筆の芯《しん》が折れてしまった。彼は大声で笑いだした。もう我慢の限界だわ。彼女はぷりぷりしながら思った。この男性とは意思を通じ合えない！　通じ合えないとしたら、仲よくなれるはずがない。

「それで会話は終わりかな？」マンディは不機嫌な顔を見せた。心の中が瞳にすっかり表れている。

「いや、そうでもなさそうだ」ブライアンは長い腕で彼女を優しく抱き寄せ、口づけした。マンディは動揺したが、彼は少しも心を動かされていないようだ。「こんなふうに」マンディを放してブライアンは言った。「意思を通じ合わせる方法は、きみが考える以上にたくさんある。さてと、ローズ叔母さんから平手打ちをされずにすむよう急いだほうがよさそうだ。今日プロヴィデンスまで迎えに行く約束をしたからね」彼は長い草をむしり、それをかみながらマンディと手をつないで屋敷に戻った。キッチンのカーテンがさっと下ろされたことには二人とも気づかなかった。

「ねっ、言ったとおりでしょ」ミセス・ダガンがキッチンで得意そうに言った。ベッキーはぶつぶつ何かつぶやいただけだった。十六歳のベッキーは、自分が大人になるまでブライアンが待っていてくれるかもしれないという淡い期待をいだいていたのだ。

マンディは午後四時にすべての仕事を終え、デスクの中央にタイプした原稿をきちんと重ねた。物語は彼女が予想していたほどひどくはなかった。魅力的な女スパイは、ある種の神秘的なテクニックを駆使して秘密を盗むことに成功し、なおかつ女性としての誇りも保った。そんな解決法を提供するとは、なんて厚かましい作家だろう。マンディは、口だけを動かして誰にもわからない言葉で言った。「恥ずかしいとは思わないの、ブライアン・ストーン？」

その質問に対する答えは、明日ブライアンが次の章を吹き込みはじめたときにわかるはずだ。でも、それはまるまる一昼夜先のこと！　マンディは室内をあわただしく動き回ってソファをきちんと整え、灰皿を空にし、テーブル、デスク、椅子、床に散らばった山ほどある参考文献を整頓《せいとん》し直した。

せっせと掃除する間に三回玄関に出てみたが、丘のふもとの道には何も見えなかった。ライザは彼女が行く先々について回った。ライザの息子のミッチェルは、彼女がポーチに出ると体を起こし、立ち去るとまた寝そべった。マンディは誰もいないキッチンに引き返し、バスケットのりんごを一つ手に取った。みずみずしいりんごを一かじりしたそのとき、裏口の近くでトラクターの音がした。好奇心をそそられ、メモ帳と鉛筆を持って裏庭に出てみた。

ラザフォードがトラクターのそばに立って、エンジンのオイルを調べているところだった。マンディは指を鳴らして注意を引いた。彼が振り返ってほほ笑むと、マンディはメモ帳を出して、「今朝はあんな格好でごめんなさい」と書いた。

ラザフォードはメモを読み、帽子を頭の後ろにずらした。「謝ることはないよ。ミニのドレスは受けがいいらしいから。わしは年寄りだが、死んでるわけじゃないよ！」そして真顔になった。「ブライアンにはあんたみたいな娘が必要だ。彼はいい男だ。おっと、連中が着いたよ」

マンディは玄関に飛んでいった。大きなリンカーン・コンチネンタルが私道をやってくる。ライザは後ろから彼女を突くようにして進み、一足ごとに抗議のうなりをあげた。一人と一匹は磨き込まれた床に足を取られながら、玄関にたどり着いた。

ミス・ローズ・フランセスカ・ストーンはマンディが予想していたタイプの人間とは全然違っていた。百五十七センチほどの小柄な女性で、勢力をふるう公爵夫人さながらに背筋をぴんと伸ばしていた。体は細く、服装はシンプルだが印象的だった。年齢を思い出させるのは銀髪だけだ。じっとしているときでも活気が感じられる。ローズは金縁眼鏡ごしにアマンダをじっと見つめ、彼女のまわりを歩いて念入りに観察した。

「そう、あなたがアマンダ・スモールね」その声は優しく穏やかで、アルトの響きがある。「わたしがフロリダから飛んでくる原因をつくったのはあなたなのね」

マンディは詮索《せんさく》のまなざしを受けて頬を赤らめた。どうしていいかわからない。お辞儀をして気どった笑みを浮かべるべきか、その場にじっとしたままでいるか迷ったが、代わりににっこり笑って片手を差しだした。ローズはその手を優しく握って彼女を引き寄せ、頬に口づけした。

「ブライアン、このならず者」ローズは肩ごしに呼びかけた。ブライアンは興味深げに、いまにも笑いだしそうな表情を浮かべて階段を上がってきた。「冷血な悪魔」ローズは続けた。「ずうずうしいったらありゃしない。この子はまだ学校も卒業していない年ごろじゃないの。あなたをこらしめるべきね。ずっと以前にそうするべきだったわ！」

ブライアンはくすくす笑った。「いずこの家庭にも未婚の叔母さんが必要だ。さあ、ぼくにがみがみ言うのはやめて。彼女がおびえているのがわからないんですか？」

ローズはマンディをじっと見つめた。「あなたの言うとおりかもしれないわね。ついてらっしゃい、お嬢さん」マンディの肘に右手をかけ、並んで廊下を歩きはじめる。「夕食の前にわたしは一休みしなきゃ」ローズは言った。「楽な格好ができる部屋を捜してちょうだい。ところで、彼女は申し分ない秘書だと言ってたわね、ブライアン？」

「彼女ほど優秀な秘書はいませんよ」彼は答えた。

まあ！　わたしに直接そう言ってほしかったわ。マンディは思った。親切な言葉をたった一言でも。あら、彼は言ったはずよ。マンディの良心がたしなめる。お黙りなさい、それは今朝の話でしょ。いまは午後よ！　これでは議論にならないので、彼女はもの思いを打ち切ることにした。

「それに、彼女がこんなに若いってことをなぜ話さなかったの？」ローズは陽気に言った。

「見かけほど若くありません」ブライアンは言い返した。「二週間前に二十一歳の誕生日を迎えたんですから」

「じゃ、彼女がこんなにきれいだってことを話さなかったのはなぜ？」

ブライアンはいきなり足を止めた。叔母も足を止めて甥《おい》を慎重に見守った。

「そんなこと、思いつきもしなかったような気がするな」彼は告白した。「彼女のことをあまりよく見ていませんでしたからね。正直に言って、見るのを忘れていたんだと思いますよ！」

マンディの瞳に反抗の色がのぞいた。この大男ったら、なんてずうずうしいの！　ブライアンほどわたしをよく見た男性はいないわ。それなのに、気づかなかったですって？　彼女は指を激しく動かしてブライアンに痛烈な非難の合図を送りはじめた。

「おいおい」彼は笑った。「用心しないと指をくじいてしまうぞ！」

「あなたの頭をくじいてあげるわ」マンディはかんかんになった。

「おもしろいわね」ローズが言葉をはさんだ。「あれをみんな理解できるの、ブライアン？」

「いいえ。でも、目下勉強中です。やっかいなのは、これまでのところ彼女がぼくのボキャブラリーにある言葉を一語も使っていないことですよ」

「あなたの先生は誰なの？」

「マンディです」

「それなのに、彼女がきれいだってことに気づかなかったわけ？　ばかね！」ほかの二人が言葉を返す間もなく、ローズは階段を上った。「あなたはとてもラッキーよ、ブライアン。彼女は扱いやすい従順な女の子だっていうあなたの保証がなかったら、わたしはこう断言していたところよ、彼女はいまにもあなたを殴るだろうってね」

ブライアンはマンディを詮索するように見つめ、たちまちあとずさりした。「ぼくは車から旅行鞄《かばん》を取ってくるよ」マンディに声をかける。「きみは叔母さんが落ち着けるように手伝ってくれないか」

マンディが階段を上がる前に、ローズは空き部屋を残らず点検して好みの部屋を選び、ゆったりとくつろいだ。鞄を運んできたブライアンはさっさと追いだされ、二人の女性が荷ほどきにかかった。

「すてきな衣装をお持ちですね」荷ほどきが終わるとマンディはメモ帳に書いた。

「それがわたしのビジネスだもの」ローズは答えた。「四十年間もデザイナーをしているの。ところで、ブライアンはどうかしら？」

マンディはびっくりして彼女を見た。「どういう意味ですか？」

ローズは笑った。「隠そうとしたってだめよ。ブライアンに会った十六歳から六十歳までの女性は、みんな彼に恋をするわ。知らないの？」ローズはマンディのそばに行き、静脈の浮いた手を肩に置いた。「隠す必要はないのよ。わたしはあなたの味方だから。甥をやり込める潮時だし、あなたにその気があれば協力するわ。さあ、急いで出ていって。わたしには休憩と夕食が必要だから」

マンディは首をすくめた。苦々しさがこみ上げる。あなたってばかね。延々と続く列の最後尾に並んだだけじゃないの。たぶんみんな美しくて、ブライアンに話しかけ、歌いかけることができる女性ばかりでしょうね――わたしのような女を、彼が求めるわけないじゃない。

それからの十日間は、穏やかに過ぎていった。手話の授業は一日二回に増やされ、ブライアンは記憶力と応用力を遺憾なく発揮した。おかげで本当に意思を通じ合える機会もできた。同時に、マンディは自分をますます厳しくいましめる結果にもなった。ミスター・ブライアン・ストーンはわたしと比べて有能すぎる！　手話の上達に加え、小説も超スピードで進行している。物語はいまや第十一章まで進み、どうやら若いヒロインはウィーンで昼食をとっているとき、理想の男性と思われる、長身で浅黒いKGBの大佐と出会うことになるらしい。マンディは興味をそそられていた。

ローズはといえば、わが家にいるようにくつろいでいた。近くを歩き回っては長い間ごぶさたしていた人や場所を訪ね、ミセス・ダガンとも友人同士のように親しく言葉を交わした。近くにいようが遠くにいようが友人たちへ何本も電話をして、しかも電話料金の請求書を平気でブライアンに回した。マンディは、ブライアンのだらしない帳簿を少しでも整理できればと思って引き継いでいたのだが、その請求額の大きさにたじろいだ。が、やがて二枚の印税小切手が郵便で届き、小数点の前にゼロがたくさんあるのを見て不安はかなり和らいだ。

ローズはマンディの世話まで引き受けた。毎日仕事部屋に顔を出しては作業の進行状況を調べる。仕事を中断させ、マンディをともなって外出することもしばしばだった。プロヴィデンスに二回行き、マンディに流行のドレスを無理やり買わせたりもした。

夜になるとローズは図書室に落ち着き、楽な格好で編み物を楽しむ。ブライアンも新聞とお気に入りのブランデーを手にして毎晩参加した。三日後にはマンディも仲間入りし、暖炉のそばに枕《まくら》を置いてくつろぐようになった。ぽんぽん飛び交う二人の会話にはあえて加わらなかった。ローズのおしゃべりを聞いていると、急流で水浴びしているような心地になる。それでも話題がブライアンの少年時代になると、マンディは決まって耳をそばだてた。

自分が話題の中心になると、ブライアンはにやにやしながら黙って聞いていることもあるが、たいていは席を立って部屋を出る。マンディはローズの一語一語を心に留めた。老婦人のまなざしが自分の反応を見守っていることにはほとんど気づかなかった。ブライアンの古い屋敷に初めて足を踏み入れて一月たたないうちに、彼女は自分が歓迎され愛されていると感じはじめていた。

その日、マンディは予定より早く仕事を仕上げた。小説は満足のいく進展を見せている。ブライアンも上機嫌だった。ローズは屋敷のまわりで歌を歌い、ミセス・ダガンさえほほ笑みを見せていた。夕食は特別なものになる予定だったので、マンディはタイプライターにカバーをかけ、ソファをきちんと直して、着替えと入浴のために二階に上がった。そして仕事着のジーンズとブラウスを脱ぎ、衣装をチェックした。ローズが選んでくれたドレスの中から一着を選んで今宵《こよい》のために装うつもりだった。

マンディが選んだのは、ひだの入った明るい珊瑚《さんご》色のドレスで、後ろはスタンドカラー、胸元は深いV字形にあいている。ドレスをベッドに広げて少しの間ほれぼれと見入り、それから浴室に向かった。彼女の部屋は寝室と浴室が一続きになっているので、いつも浴室のドアを開けたままで使う。ところが今夜は急いでいて、寝室のドアまで少し開いていたが、それには気がつかなかった。

マンディは靴と下着を脱ぎ、心地よいシャワーの下に立った。お湯が疲れを癒《いや》してくれる。ラベンダーの香りのする石鹸《せっけん》をたっぷりと使ったあと、カールした豊かな髪をシャンプーした。その間に楽しい記憶がよみがえってきた。

今朝のこと、マンディは一房の巻き毛が長くなっているのが気になってしかたなかった。絶えず目にかかるので、なんとかしようとして仕事の手を止めると、ブライアンが笑い声をあげた。マンディは彼に向かって舌を突きだし、手に負えない巻き毛をはさみで切るまねをした。

「そんなことしないで」ブライアンは素早く言って、巻き毛をはさんでいる指に触れた。マンディは彼を見上げ、けげんな表情をした。「髪を切らないで。ぼくはその髪型が好きだ」

彼の優しい反応に、マンディはうれしくなった。心の中でくすくす笑いながらメモ帳を取り、「あなたがそう言うのなら、ブライアン」と書いた。

彼は世界の支配者そこのけの格好で椅子にどっかと座り直した。尊大な男は命令し、従順な女は言いなりになる！　マンディは喉まで出かかったくすくす笑いをかみ殺すのに苦労した。母がいつも笑っていたのも同じ理由からだろうか？

シャワーとシャンプーをすませ、マンディは元栓を閉めて小さめのタオルを頭に巻きつけた。それから背後にある大きなバスタオルに手を伸ばしたとき、後ろからライザがやってきて、彼女の手首をくわえたのだ。ああ、だめ、いまはだめ！　マンディはため息をついた。犬に命令しようとしたが、例によってライザは自分の役目を遂行している。

手首を傷つけないように配慮しながら、グレートデーンはマンディを浴室から無理やり連れだし、寝室に向かった。マンディはもがいた。ライザはうなってなおも引っ張り続ける。彼女は必死になってバスタオルをつかんだが、体に巻くことはできなかった。犬はゆっくりと彼女を外に連れだし、廊下を進んでブライアンの部屋に入った。ドアは半ば開いたままになった。

ライザはマンディを部屋の中央まで引っ張っていったが、手首を放そうとはしなかった。マンディは水をしたたらせたまま、片手で体を隠そうとむなしい努力をした。

彼女が悪戦苦闘している最中に、シャワーを終えたブライアンが浴室のドアを開けて出てきた。小さなタオルを腰に巻いているだけだ。「なんてことだ」彼は驚きの声をもらした。「またか。彼女を放すんだ、ライザ!」犬は手首をくわえたままうなった。

「神に誓って、マンディ、ぼくがライザを行かせたわけじゃない。きみの名前さえ口にしていないんだ。お座り、ライザ、こら!」

ドアを軽くノックする音が響き、返事を待たずにローズがせかせかと入ってきた。その瞬間、ライザはマンディの手首を放し、足元に座った。

「ブライアン」叔母は切りだした。「たったいま電話があって……」目にした光景がそのとき脳裏に刻み込まれ、ローズの顔は真っ赤になった。「まあ、なんてことなの、ブライアン!」甥をどなりつける。「この子には手を出さないでって言ったでしょ!」

「叔母さんが考えているようなことじゃないんですよ」ブライアンが言う。

「そうでしょうとも!」叔母は応じた。「犬のせいだって言いたいんでしょ?」

「ええと、まったくのところ……なんてことだ、誰がぼくの話を信じてくれるだろう?」

「もちろん、わたしは信じないわ」ローズが言葉を返す。「体をおおいなさい、マンディ。ラグが水びたしになっているじゃないの!」叔母は甥のほうへ向き直った。「あなたに関しては、必要なのはお目つけ役じゃなくて、結婚許可書よ。さっさと手に入れることね、わかった？」

叔母と甥はベッドをはさんでにらみ合った。マンディは十トン積みのトラックにでも轢《ひ》かれたように感じながら、ベッドに腰を落とし、必死で体を隠そうとした。ほかの二人はマンディの頭ごしに彼女には理解できない会話を続けている。

「どうなの？」ローズは甥に返事を強要した。

「いま考えているところです」ブライアンがつっけんどんに言い返す。

「何時間も前に考えておくべきだったわね、このならず者。あなたには大した問題じゃないかもしれないわ。でも、マンディはどうなるの？　わたしが屋敷に来る前からあなたたち二人が同棲《どうせい》しているっていううわさを村で耳にしたわ。いまに面倒なことになってしまうでしょうよ。エドワードと妹のメレディスが来週ここに到着したら、どう思うかしら？　二人ともパリからの飛行機をもう予約しているわ。わたしがこの部屋へ来たのは、それを知らせるためだったのよ」

「裏切り者」ブライアンはどなり、スリッパを犬に投げつけた。ライザはうなり返してマンディに近づいた。「エドワードとメレディスだって？　まさかクレムスン家の連中じゃないでしょうね？」

ローズは手を弱々しく額に当てた。「ああ、なんて日かしらね。あなたとメレディスの関係を忘れていたわ。そう、あの兄妹が来るの。なんといっても、わたしは二人の名づけ親ですものね。あなた、メレディスとスペインで火遊びをしたんでしょ？」

ブライアンはマンディを見下ろした。彼女はバスタオルを体に巻きつけ、うずくまるようにして座っているが、完全に体が隠されているわけではない。ブライアンはある計画を頭の中で練っていたが、やがて結論を出した。

「ローズ叔母さんの言うとおりかもしれませんね」

彼は穏やかに言った。「アマンダの名誉を守るには、ぼくたちが結婚するしかないのかもしれない」

叔母は軽蔑《けいべつ》するように言った。「メレディスを追い払うためにプロポーズする気じゃないでしょうね? そんなこと、いやしむべきやり方よ!」

「しかし……ただちにマンディと結婚しろって、たったいま叔母さんは言ったばかりじゃないですか。違いますか?」

「思ったほど悪い考えじゃないかもしれないしね。とにかく、説明を聞いてみようじゃないの」

「信じてくださいよ」ブライアンはため息をついた。「もっとも、叔母さんはぼくを信じようとしない。聖書を山と積み上げて誓ったって信じてくれないでしょうね。もういいですよ。ぼくたちを現行犯でつかまえたってことでしょう」

「その場合は」叔母は答えた。「この子と結婚しなくちゃいけないわ」

「二人ともせっかちすぎるかもしれない」ブライアンが言う。「ぼくと叔母さんは同意しているが、アマンダにも相談するべきじゃないですか?」彼はベッドのへりに回り、マンディと目の高さが同じになるように膝をついた。「アマンダ・スモール、ぼくと結婚してくれるかい?」

叔母と甥の会話が続いている間ずっと、マンディの口はぽかんと開いたままになっていた。彼女は素早く口を閉じた。いまわたしは新たな危機に直面しているのに、彼には理解してもらえない。彼にどう説明すればいいのだろう? わたしは彼を愛している……と思う。心から望んでいるのはブライアンと結婚すること――でも、その理由を彼に説明できない! わたしが結婚に同意したら、それからどうなるだろう? 彼のしかめ面をごらんなさい。明らかに、別の女性から逃れるためにプロポーズしているだけ。その女性よりはわたしのほうがましだと思っているのだ。理由を説明せずに結婚を承諾するなんて、彼と同じように間違っているとは言えないだろうか？

マンディは肩をすくめた。承諾するか断るか？　良心がうずいた。不純な動機とはいえ、彼はプロポーズしているのだ。証人たちを前にして！

その証人たちのことを思うと笑いを抑えられず、マンディは肩を震わせた。ライザが床から体を起こし、ベッドに前足をのせてマンディの鼻をなめた。ライザを含めた四人のうち三人は賛成しているのだ。そう思って彼女は笑った。扱いやすい従順なアマンダ。彼のプロポーズを従順に受け入れよう！

マンディは犬をわきに押しやり、ブライアンの目をじっと見つめながら手話で話した。「プロポーズを受け入れるわ。あなたを愛しているの」

「ぼくに感謝する必要はない」彼は言った。「しかし、キスをして契約を確認すべきだと思うよ」

「ダイヤモンドの指輪のほうがいいわね」ローズがぴしゃりと言ってライザの襟首をつかみ、そのまま引っ張って部屋をあとにした。そして二人を室内に残してドアを閉めた。外に出ると老婦人は涙をぬぐい、犬に優しくほほ笑みかけた。「おまえはいい仕事をしたわね。あの単純なトリックを教え込むのに三日かかったけど」ドレスのポケットに手を入れると、ほうびとして粒状のレバーを取りだした。

一方、ブライアンの寝室では、マンディがためらいがちに彼を見上げていた。これでよかったのだろうか？　いま一度自分にたずねてみる。本当に彼を愛せるだろうか？　もしも彼がメレディスを愛しているとしたら？　でも、もう考えている時間はない。

ブライアンは彼女を引っ張ってベッドから立たせた。マンディのバスタオルが落ちた。彼はマンディを抱き寄せると、優しく唇を重ねた。マンディがためらったのは一瞬だけだった。しっかりと抱き合う二人の間に欲望の火花が散った。ブライアンの固い胸が、マンディの柔らかく豊かな胸のふくらみを押しつぶし、温かい手が彼女の背筋を伝わって下りてゆく。マンディの小さな手が彼のうなじをつかみ、自分のほうへ引き寄せた。そして彼女は幸せな気分にひたった。

5

結婚式は自分が夢に見ていたようなものにはなりそうにない。マンディにはそれがはっきりわかってきた。ブライアンは金曜日の夕食のあとで結婚問題を持ちだした。叔母のローズ、ミセス・ダガン、ラザフォード、それにライザの全員が話し合いの席に顔を出した。会話の大部分はマンディの頭を素通りしていった。関心がなかったわけではない。もっと大事な問題を優先させざるをえなかったのだ。

その問題とは、ブライアンのことだった。彼は暖炉のそばに座って権威ある君主のようにあたりを見渡していた。しかも、彼が主として見つめているのはアマンダ・スモールだった。彼女もブライアンを見つめながら、無意識に唇を湿らせた。会話はよどみなく続いていたが、二人の頭にはまったく入っていなかった。

「それで?」ローズが繰り返した。

全員がマンディを見ている。彼女はブライアンに視線を向けた。彼は肩をすくめた。

「結婚衣装の件よ」ローズは決然とした口ぶりで言った。「結婚衣装を着たい? クレア郡の手づくりのドレスでね、グット・シェパード修道院のレースの縁取りがあるの。一度使ったきりのものよ」

地方刑務所で尋問されているみたい。マンディはすまなそうにほほ笑んで立ち上がり、前日の木曜日に用意された大きな黒板の前に歩いていった。

最近は黒板が屋敷じゅうに準備されているようだ、とマンディは思った。意思の伝達に苦しんでいるアマンダ・スモールに、誰かが関心をいだいているらしい。その人がブライアンならいいのだが!

彼女はチョークを手に取ってローズを指さし、黒板に「イエス」と書いた。まばらな拍手があった。

「ああ、よかった。問題の一つは解決したわ」ローズはとりすまして言った。「では、残りの問題に移るわね。つきそい《ブライズメイド》は何人?」

マンディは自分と同じ年ごろの女性をたくさん知っているが、個人的というよりも仕事上の知り合いがほとんどだ。でも、頼んでみるだけ頼んでみよう。

「六人」

「まあ!」ミセス・ダガンは配達された食料品の中に悪臭を放つ魚でも見つけたような声を出した。

「フラワーガールは?」ローズがたずねる。

「二人」とマンディは書いた。

「じゃ、招待客の数をざっとでいいから出してみて」マンディはローズをぼんやりと見返した。招待客の数? わたし以外に誰がわたしの結婚式に出席したがるかしら? たった一人の名前さえ思いつかない。ブライアンが彼女に助け船を出そうとした。

「ミセス・パーセルは?」そう言う彼をマンディはにらみつけ、それからミセス・パーセルの名前の代わりに波線を書いた。が、どうも気に入らない。肩ごしに振り返ってみると、ブライアンが笑っている。マンディは並みの男なら十人は殺せるような視線を投げ、黒板を乱暴に一ふきして波線を消した。ローズは不満そうにうめいた。マンディは改めて考えた。ヒンソン先生がいる――彼の奥さんも。マンディは少し考えたのち四人と書いた。

「信じられないわね!」ローズはぱっと立ち上がり、行ったり来たりしはじめた。「最低に見積もっても、わたしなら二百人は思いつくわ!」

アマンダは啞然《あぜん》とした。〝四人〟を消して〝二百人〟と書き、そのあとに大きな疑問符を加えた。

ミセス・ダガンは同意のしるしにうなずき、ローズは決然とした顔をした。ラザフォードは急にそわそわとポケットを探りだし、ブライアンは咳《せき》ばらいをした。

「その程度の規模の結婚式を準備するのに、どれぐらいの時間がかかるだろう?」ブライアンは質問した。

「三カ月ほどよ」彼の叔母が答えた。「お客のリスト、招待状、引き出物、婚約発表、婚約パーティ、遠方から来るお客の宿泊所の手配。そう、抜かりなく準備するには三カ月はかかるわね」

「高くつきそうだな」ブライアンが憂鬱《ゆううつ》そうに口を出した。

「旦那《だんな》さまが費用のことなど心配なさる必要はありませんよ」ミセス・ダガンが言う。

「本の執筆を終えていれば、の話だ」ブライアンが言った。「原稿を送ってしまわないと、われわれは貧しい農場で生活するはめになりかねない」

全員の視線がマンディに注がれた。彼女は腹立たしげに見返した。すべてわたしのせいだと言わんばかりね。ブライアンは最後の四章分をまだテープにも吹き込んでいないのよ。それなのに、わたしのせい？　ブライアンの手話が上達したら本気でこらしめてあげるから！　ほら、みんなの顔をごらんなさい。盛大な結婚式を思い描いているわ。

扱いやすい従順なアマンダは、みんなにどう言えばいいのかしら？　三カ月待つと言えばいいの？　いいえ、責任逃れをすればいいのよ。ブライアンに決めさせればいいわ。彼の自尊心をちょっぴり満足させてやるべきよ！　マンディはブライアンの前まで行って彼を立たせ、「ブライアンが望むとおりにしましょう」と黒板に書いた。

「なんだ、卑怯《ひきよう》な……」彼はマンディの耳元でつぶやき、彼女の額に口づけして「まず第一のポイントは」と、切りだした。「できるだけ早く結婚したいということだ」マンディは同意のしるしにほほ笑んだ。これまでのところ、理にかなっているのはいまの発言だけだ。

「いつごろ？」マンディは書いた。

「来週の火曜はどう？」ブライアンが提案する。

マンディはチョークを置いて両腕を彼の首に回し、熱烈なキスをした。自分から男性に口づけするのは生まれて初めてのことだった。

「同意と受け取っていいんだね？」マンディはうなずいた。「その場合はごく質素な結婚式になる、いいね？」彼女のほほ笑みは消えかけた。黙認するという意味でうなずいたが、ためらいは隠せなかった。

「それに残念ながら、結婚式がすんだらすぐにここへ戻って本を仕上げなきゃならなくなる」彼女のほほ笑みは完全に消えた。「ハネムーンは、本を完成させて支払い能力ができてからになるよ」

かなりの時間を置いたあと、マンディは再びためらいがちにうなずいた。ほほ笑むのはむずかしかったが、なんとかそれらしい表情を見せた。

作家には、大金はなくとも多大な信用がなければならないものらしい。ブライアンは木曜日の夜にプロポーズし、結婚式のプランは金曜日の夜に練られた。そして土曜日の朝、マンディは少し寝坊をした。

ライザとブライアンがベッドのかたわらに座り、マンディの目覚めを待っていた。彼女は冷静さをかき集め、落ち着いてベッドに体を起こすと、彼にほほ笑みかけた。ブライアンは小さな宝石箱を手にしていた。ふたが開けられると、美しくカットされたダイヤをあしらったプラチナの指輪が現れた。指輪の側面にはきらきら光る小粒のダイヤがちりばめられている。

マンディは圧倒された。ブライアンが彼女の手のひらに口づけし、婚約指輪をはめるべき場所に指輪をはめる。ブライアンが二言三言、すてきな言葉をささやいたので、マンディはほほ笑んだ。彼はマンディの手を優しく握ってから出ていった。

マンディは感慨にふける前にまず歯を磨き、髪をとかし、美しく装うために努力した。ゆっくりと着替えをしながら、左手を振って指輪をきらきら光らせてみる。おかげで着替えには必要以上に時間がかかった。と、こげくさいにおいに気づいた。

においは階下から聞こえてくる会話――大部分はブライアンの低い声だが――によってますます強くなっていくようだった。マンディは最後に鏡をちらっと見てから急いで階段を下りた。大きなフライパンから立ちのぼる黒い煙に包まれながら、ブライアンとローズがキッチンでにらみ合っていた。

「週末はミセス・ダガンは休みだってことを、叔母さんも知っていたでしょう」敗色の濃くなったブライアンが自己弁護を試みる。

「でも、あなたがお湯も沸かせないってことは話さなかったじゃないの」叔母はごく冷静に指摘した。

「叔母さんのほうこそ話すべきだったんです。小ぎれいな格好をした女性が六十五年も生きてきて、卵も焼けないとは。それが理にかなったことですか?」

「ええ、理にかなっているわ。だからこそ小ぎれいな格好をしていられるのよ!」叔母は誇らしげに言った。長い部屋着にスリッパ、髪にはカーラーを巻いていても、立派なレディに見える。「わたしはデザイナーとして生きてきたの、男の奴隷になる代わりにね。第一、わたしならまるまる一週間家政婦を雇うだけのお金を持っているわ! あなたは破産でもしたの、それとも、しみったれにすぎないってこと?」

「やあ、マンディ」ブライアンがほほ笑みかけた。叔母と冗談を言い合っていただけだという調子だ。実際そうなのかもしれない。一家そろって変わり者! マンディはそう思った。「きみも座って。朝食の用意をしているところなんだ」

「わたしの想像するかぎりでは違うわね!」叔母はぴしゃりと言った。「包帯を巻く間じっとしていて。沸騰したお湯を自分の手に注ぐようなばか者には当然の報いよ。哀れっぽい声を出すのはやめて、まだ始めてもいないんだから!」

「ええ、でも、叔母さんが痛むわけじゃないから。それに小言はやめて。ぼくは作家だ。言葉の扱い方だけ知っていればいいんですよ」

「冗談でしょ!」叔母はべとつく絆創膏《ばんそうこう》を持て余している。「言葉の扱い方は知っているかもしれないけど、入力作業はこの女の子にまかせているじゃないの」叔母がその言葉を言い終えると、二人は椅子にどすんと腰を下ろし、にんまりし合った。

ブライアンは痛くないほうの手でテーブルをこつこつたたいた。「で、誰が朝食をつくるんです?」彼は叔母をじっと見た。ローズはマニキュアのはがれた部分を調べることに熱中している。長い沈黙が続いた。マンディは気づかれないように用心して席を立ち、ガスレンジの前に行った。

新たにフライパンを出し、六個の卵を割りほぐして焼き、チーズを少しまぜた。その間にパンをトースターに入れ、卵が焼き上がったところで二枚の皿に盛る。間もなくトーストも焼けたので、叔母と甥《おい》の前に皿をどんと置いた。二人はにらみ合いをやめてマンディを見た。が、それは一瞬のことだった。二人の注意は料理に引き寄せられた。

「争ったあとは格別におなかがすくわね」ローズはフォークを口に運ぶ合間に言った。

マンディはテーブルから離れ、両手を後ろに回してほめ言葉を受け入れる用意をした。ところが、ブライアンは皿を押しやって悲しげな顔をすると、彼女を見上げて言った。「これは食べられないよ」

ああ、わたしは何を間違えたの？　マンディは躍起になって考えた。スクランブルエッグをつくるぐらいでどんな間違いをするっていうの？「なぜ？」彼女はためらいがちに手話でたずねた。返事を聞くのが怖い。

「フォークもスプーンもないからさ」ブライアンはくすくす笑った。叔母は最後に口に入れた卵を喉につまらせそうになり、コーヒーをすってなんとか事なきを得た。マンディは仰天してその場に突っ立ったまま、じっと彼を見つめた。わたしは二人を流血ざたから救ってあげたのに、彼ったらつまらないジョークを飛ばしたりして。ブライアンをにらみながら、彼女はかんしゃくを抑えようと必死だった。

マンディの目に怒りが浮かんでいるのに気づいて、ブライアンはテーブルからわずかに椅子を離した。ローズも椅子をずらし、くすくす笑った。「空気を入れ替えるにはけんかがいちばんね」そう言ったせいで、ローズも、ハワイさえ凍りつくほどの冷たい視線を浴びる結果になった。

　マンディは数を百から逆に数えながら食器棚まで行き、フォークとスプーンを取りだしてブライアンの皿のわきに投げるように置いた。「ありがとう」彼は礼を言い、室内の冷え冷えとした雰囲気を無視しようとした。「卵をもう少しくれないか、頼むよ！」

「まあ、大胆ね」叔母がくっくっと笑った。「まったく向こう見ずだわ！　あの子の目をごらんなさいよ、ばかね！」

　マンディはフライパンのところに戻って冷えたスクランブルエッグを皿にスプーンで移した。それから振り返り、皿を高く掲げた。それを見てブライアンがにやりとする。ボディ・ランゲージを読むのが得意なローズはいち早く椅子をきしらせてテーブルから遠ざかった。卵の入った皿はブライアンの頭上に掲げられた。彼は身じろぎひとつせず、まっすぐ前方を見すえている。マンディは皿を持ち上げて前後に揺すりながら、かんしゃくと闘った。扱いやすい従順なアマンダ、あなたは彼を愛しているのよ。火曜日には結婚するのよ！

　マンディはしだいに落ち着きを取り戻し、皿を下げた。ブライアンはその皿が自分の肩をかすめたのでたじろいだ。皿はテーブルまであと少しのところでどすんと乱暴に落とされた。マンディは後ろへ下がり、足音荒くキッチンをあとにしてパティオに出た。ドアが閉まって肩をいからせた後ろ姿が消えると、叔母はまじめくさった口調で言った。「ブライアン、あれがあなたにとって必要な、扱いやすい従順な女の子だというわけね！」庭に出ていくマンディを、ローズの笑い声が追ってきた。

　火曜日の午前十時、二人は村の白い木造の教会で式を挙げた。時間の取れた村人たちは全員結婚式に出席した。アイルランドの結婚衣装はすばらしかった。高くて固いカラー、レースのボディス、短めの白いもすそ。エドワード王朝様式のデザインだ。しかし、ヴェールはなかった。

モーニングコートに身を包み、祭壇でマンディを待っていたブライアンは、いつにも増して大きく、際立って見えた。

マンディはラザフォードの腕に手をそえて通路を進んだ。ブライズメイドはベッキーだけだ。祭壇の手すりまであと四歩というところで、マンディは一瞬ためらった。長い間頭から離れなかった夢を思い出したのだ。もし、相手の男性がブライアンでなかったとしたら？　次の一歩を踏みだしながら、わけもなく身震いした。そのときブライアンが彼女のほうへ顔を向けた。いつものように温かみのある笑顔だ。生まれてから二十一年間、わたしはずっと彼のような男性が現れるのを待ち望んできた。ラザフォードが彼女の手をブライアンにゆだねたとき、マンディはついにわが家に戻ったような気がした。

二人はとどろき渡るオルガンの音に送られて教会をあとにし、夏のまぶしい日差しのもとに出た。アマンダ・スモールは消えて、アマンダ・ストーンがファーナルド農場の新しい女主人になったのだ。教会のポーチに立ってカメラマンを待つ間、マンディは新しい名前を数回口にしてみた。「ミセス・アマンダ・ストーン」だめだわ、響きがあまりよくない。ミセス・ブライアン・ストーン！　これならぴったりだ。

結婚披露宴はその午後ファーナルド農場で催された。会場はストーン家の友人たちでいっぱいになった。シャンパンを飲み、新婚カップルを祝福するためにやってきた人々だが、マンディにとっては見知らぬ人ばかりだった。彼女は夫のそばを離れず、その腕に絶えず手をそえていた。ブライアンはマンディを全員に紹介し、ときおり彼女の手を握りしめた。

彼女はシャンパンをグラスに五杯も飲んだ。いままで一杯しか飲んだことがなかったので、最後の客がいなくなった九時ごろには、花嫁はかなり酔っていた。

最後の客が大声でわめきながら私道を去っていったあと、家族は静かな書斎に集まって最後の祝杯をあげた。暖炉の火が赤々と燃えている。ミセス・ダガンが帰る前に、マンディが何げなく暖炉の炎が見たいと言ったせいだ。しかし、七月の気温は日没後一時間が過ぎても二十七、八度ある。ローズが妥協案を出した。暖炉に二本の薪《まき》を加え、窓という窓、ドアというドアを閉めきってエアコンディショナーを入れたのだ。ソファの隅に座っていたマンディは、ストーン一族の突拍子もない論理にあきれてくらくらする頭を振ったあと、自分もストーン一族なのだということを思い出した。ローズはグラスを空けると、〝早めにベッドへ入る〟などというつまらない口実を残して姿を消した。そしてマンディとその夫だけが部屋に残された。

マンディは六杯目のシャンパンを飲みほし、目の焦点がはっきり合わないのはなぜかしらと思った。それからソファの上に両足を上げてブライアンを見た。彼は向かいの長椅子に座り、ときどき暖炉の火をつついている。わたしが何かするのを待っているの？　でも、何をしていいかわからないのよ！　マンディは心の中で叫び、助けを求めて大きな瞳で哀願したが、彼はなんの反応も示さなかった。

そろそろ二階へ上がる時間だわ。でも、どうしていいかわからない！　マンディは立ち上がり、ふらつく足取りで彼の前を行ったり来たりしはじめた。勇気をふるって質問するまでに一分もかかった。テーブルからメモ帳を取り上げ、「どうすればいいのか教えてちょうだい」と書いた。ブライアンはメモを見てから彼女に目を移し、にやりと笑った。

「スイートハート、きみはシャンパン漬《づ》けになっている。耳たぶまで真っ赤だよ。どうにかして二階に上がってベッドに入ることだね。ぼくもすぐに行くから」

マンディの緊張はたちまちほぐれた。ブライアンはちゃんとわたしのことを考えてくれていたのだ。彼女はほっとしてほほ笑みかけた。でも、彼はわたしが酔っ払っていると思い込んでるみたい。誤解だわ。「シャンパンだけにしとくといい。酔っ払うのはほかの酒とちゃんぽんで飲んだときだけだから」ラザフォードにそう忠告され、マンディは午後二時以降シャンパン以外口にしなかった。だけど、ブライアンもただの人間にすぎないのね。マンディは少しだけ満足感を味わった。ほかのみんなと同じように誤解することもあるなんて。でも、結婚初夜に何をすべきか彼なら知っているはずだから、万事うまくいくだろう。マンディはふらふらしながら階段を上り、自分の――夫婦の――寝室に入ると、キングサイズのベッドにどすんと座ってくすくす笑った。

誰かが新しいネグリジェを準備していた。古風なシルクのネグリジェで、V字形の襟ぐりになっていて、おへそのあたりまであいている。マンディは結婚衣装を慎重にハンガーにつるし、シャワーを浴びて髪を乾かした。するべきことがたくさんある。

ネグリジェを着ようとしたが、つるつるするシルクが絶えず手からすり抜ける。マンディは忍耐力を発揮して、やっと身につけた。リボンは結ばず、ボタンもかけなかった。少なくともハネムーンについては知っているつもりだ。

ベッドの周囲を歩いていると、障害物競走でもしているような気分になる。絨毯《じゅうたん》にしわがあるらしく、七回もつまずいた。朝になったら確かめよう。ミセス・ストーン、絨毯をきちんと直しなさい。マンディは心の中でつぶやいた。

薄いネグリジェがしわにならないように注意してベッドに入った。無意識に明かりのスイッチをひねったとたん、彼女は暗闇《くらやみ》にどきりとした。暗闇が怖いわけではないが、新たなとき、新たな経験を控えた一夜だし、姿が見えなくてはブライアンと意思を通じ合わせることができない。でも、ひょっとしたら結婚初夜だから、彼はおしゃべりなどしたくないのかもしれない。

マンディは目を閉じ、町の時計が十一時を打ったときそのまま眠りに落ちた。そのあと誰かがやってきて、温かい唇を頬にそっと触れたような気がした。が、夢の世界と現実の世界を区別するのはむずかしいし、何しろ彼女は疲れていた。

水曜日の午前五時、マンディは水音で目を覚ました。横には誰もいない。彼はシャワーを浴びているのね。苦労して片目をこじ開けてみると、夜明け直前の薄明かりの中で雨が窓をたたいているのがわかった。失望と倦怠《けんたい》感をいだきながら、また夢の世界へといざなわれていった。

夢の中で、ブライアンはシャワーを浴びたあと、ぬれたままマンディのもとにやってきた。そしてライザをベッドわきの絨毯に押しやり、シーツの間にするりと入った。マンディは彼のほうへ顔を向け、頬をたくましい胸に休めた。力強い腕がマンディの体をしっかりと抱き寄せる。マンディはそのまま腕の中で心地よい眠りについた。

二度目に目覚めたときは九時になっていた。今度は夢ではなく本当にブライアンがいた。ベッドに上体を起こし、マンディの頭を膝にのせている。彼女は動くのがいやで目を閉じた。彼はマンディの巻き毛をねじり、なめらかな頬に指を走らせた。彼女がブライアンを見上げてほほ笑むと、彼も笑みを返した。

「パーティは終わったよ、シンデレラ」ブライアンはしのび笑いをもらした。「現実の世界に戻るんだ。急いで仕事を始めてくれ。仕事部屋で五本のテープが待っているからね。締め切りが迫っているんだよ！」ぱっとカバーをめくり、マンディのお尻を優しくたたく。それから勢いよくベッドから出て伸びをし、バスローブをつかんだ。マンディは、しなやかな胸の筋肉と隆起した肩の筋肉が輝くのを眺めた。バスローブをはおりながらブライアンは肩をすくめ、「さあ」とせかして、今度はお尻を少し強めにたたいた。

マンディはブライアンを非難がましく見たが、彼は笑いながら部屋を出ていった。彼女はベッドの上で体を起こし、額をこすった。夢と現実を区別するのはむずかしい。夜の間に何が起こったのだろう？ブライアンは暗闇の中をやってきて、わたしを愛してくれたのだろうか？　わたしを起こさないで？そんなことはありえないように思えるが、マンディにはわからなかった。彼にたずねるしか方法がないけれど、今日のミセス・ストーンはとてもそんな勇気はない。

マンディはコーヒーとトーストで朝食をすませた。ミセス・ダガンが用意したハムエッグには手をつけなかったが、何も言われなかった。どうやら、花嫁は胸がいっぱいになるほど動揺していて当然だと思われているようね。でも、わたしには動揺することなど何もないわ――そうでしょ？　彼女は席を立って仕事部屋に向かった。

ブライアンはお気に入りの格好でソファに寝そべり、マイクに向かって話していた。彼女が入ってくると顔を上げ、レコーダーのスイッチを切った。彼女はおずおずと「愛しているわ」と手話で語った。「ああ、わかっているよ」ブライアンは答えた。マンディの驚いた表情をおもしろそうに見つめる。「手話の本を買ったんだ。ランチのあとで練習しよう。でも、いまはテープの山が待っているし、いまいましい締め切りがある。だから、仕事にかかってくれ、レディ」

彼女はのろのろとテーブルに向かったが、ふと気を変えた。ソファまで引き返し、身をかがめてブライアンの額にそっと口づけした。彼はよどみなく口述を続ける。わたしを愛して、とマンディは心の中で祈ったが、そのメッセージは伝わらなかった。彼女は肩をすくめてテーブルに行った。テープが高く積み上げられている。ほとんど徹夜して仕上げたものだろう。彼女は胸に鋭い痛みを感じた。テープに嫉妬《しっと》するなんてことができるだろうか？

マンディは自分をなだめ、耳にヘッドホンをして作業にかかった。正午までには十五章と十六章を終えた。仕上がった原稿はきちんと積み重ねてフォルダーに入れ、彼のデスクに置く。

ブライアンは口述をやめてデスクまで行き、数ページ分をチェックした。「例によって完璧《かんぺき》だ」

彼女はデスクの前に座って手を組んだ。〝例によって完璧だ〟ですって？　わたしがそれほど完璧だとしたら、二人はいまも二階のベッドにいるはずよ。わたしがどんな間違いをしたっていうの？　成熟した女性になる方法を二十一年間学んできたのに、どうやらむだだったようだ。でも、彼はわたしを愛しているとは一度も言っていない。わたしの……わたしの声についても一言も口にしていない。わたしはただ、ほかの人と違っているだけ！　マンディは意気消沈してひっそりと座っていた。

「昼食だ」ブライアンが彼女の肩ごしに声をかけた。

マンディは彼のあとから重い足取りでキッチンに向かった。ミセス・ダガンご自慢の料理に何かが起こったようだ。スープは皿洗いのあとの汚れ水のようだし、サンドウィッチもボール紙みたいに味けない。ほかの人は気づかないらしく、ラザフォードは同じテーブルで黙々と食べている。席を立つとき彼はマンディの肩をたたいた。「ほかの日よりいい日だってあるものさ」そう言って雨の中に出ていった。いったい彼はなんの話をしているの？　マンディは憂鬱な気分で考えた。

午後、再び彼女は仕事を始めた。小説はラブストーリーを絡ませて進行していった。ブライアンは言葉の魔術師だ。臨場感があり、感情表現にも奥行きがあるため、マンディは物語と現実とを切り離すのに苦労した。物語が進んでいくにつれて、彼女はいっそう強く引き込まれていった。ヒーローの言葉をブライアンがわたしに言ってくれさえすれば。わたしの口から彼にしゃべれさえすれば——まあ、空想家ね！　胸につかえた小さな憂鬱のかたまりが急速にふくらんでいく。憂鬱がつのるにつれて怒りもつのってきた。彼に何か投げつけてやりたい。

マンディは指で合図を送り、休憩しようと呼びかけた。ブライアンはすでに口述をやめて鉛筆を持っている。次の場面の構想を練っているらしい。ブライアンの後頭部に向かって汚い言葉を口まねで浴びせたが、彼はまるで動じなかった。どうしてなの？　マンディはため息をついた。彼はベッドでもわたしの存在にまるで動じないのよ——仕事場でも同じ反応を示すのは当然じゃない？　マンディは仕事を再開した。気がついてみると六時を回っていて、自分が急に哀れになった。すでにブライアンの姿はなく、家の中はひっそりと静まり返っていた。

マンディは両手を膝に置いてぼんやり座っていた。がらんとして、うつろな感じだった。仲間になってくれるのは窓ガラスを打つ断続的な雨音ばかりだ。マンディは涙をぽろりとこぼしながら立ち上がり、室内を落ち着きなく歩き回った。棚にはブライアンのお気に入りのブランデーのデカンタがある。

彼女はとなりの棚にあるワイングラスを取って、

お酒をなみなみとついだ。そして三口で飲みほした。喉と胃が火で焼かれたようにひりひりするので、近くにある水差しの水を一気にぐいとあおった。それでも、まだみじめな気分だ。グラス一杯のお酒では癒《いや》されそうにない。またグラスを満たし、自分のために乾杯した。二杯目を喉に流し込む。なぜハンフリー・ボガートと結婚できなかったのかしら？　もうブランデーはやめて、少し論理的になりなさい。マンディは自分に言い聞かせた。

あなたには何が問題なのかわかっているはずよ、アマンダ。すべての面で結論を急ぎすぎるのよ。最初に失望させられたからって、そのくらい耐えなくちゃいけないわ。ブライアンは大きな坊や、ほかの女性から逃げるためにあなたと結婚したのよ！　そう考えると耐えられなくなった。マンディはぱっと立ち上がり、行ったり来たりしはじめた。壁が急に目の前に迫ってきたように感じられる。独房にでも監禁されている気分だ。

逃げ場はポーチしかない。マンディはフランス窓まで行き、一方のドアを開けて新鮮な空気のもとに出た。ここのほうが広くて歩きやすい。そこで彼女は歩き回った。しだいに強くなってきた風に髪をなぶられながら歩いた。火山のエネルギーさながらに、怒りはどんどん増してくる。ブライアンがいなくて幸いだったわ。いれば彼を殺してしまうでしょうから！

アマンダ・ストーンはひどく不幸なときだけ泣く。そんな彼女が、いま涙を流すにふさわしいと判断した。ブライアンはメレディス・クレムスンから逃げるために、そして仕事のためにわたしと結婚したのだ。わたしが本当に望んでいるのは、彼自身なのに！

自分の人生を台無しにしてしまったことに気づいて、マンディはうめいた。自分が美人でないのは知っているが、彼に見向きもされないほどではないはずだ。ギリシア彫像を思わせる、長身で堂々とした生前の母の姿が脳裏に浮かんだ。ああ、ママ、なぜわたしはママに似なかったの？　マンディは小さな子供のように泣いた。泣きながらやっとのことで二階に上がり、ベッドカバーの上に身を投げだしてそのまま眠った。またしてもブライアンは彼女のもとへ来なかった。

6

あくる朝、マンディは明るい日差しで目を覚ました。いままで経験したことがないほどひどい頭痛がする。記憶にはないが、自分で服を脱いだらしい。いま着ているのは小枝模様のミニのネグリジェだ。昨日着ていた衣類はきちんとたたんで椅子の上に置いてある。ベッドカバーの上に横になって眠り込んだのは確かだが、どうやらそのあとでカバーの中にもぐったようだ。自分とライザのほかには室内には誰もいない。痛む頭を刺激しないように用心してベッドから出ると、絨毯《じゅうたん》の上に座って脚を組んだ。ライザが近づいてきて彼女の膝に頭をのせる。マンディは犬の耳をなで、喉を優しくかいてやった。犬はうれしそうに喉を鳴らし、手をなめた。彼女は深く息を吸った。結婚して三日目、それなのにわたしは犬と二人きりでいる。彼女は寂しげにライザを押しやり、やっとのことで洗面をすませ、頭痛薬二錠をのんで階下に下りていった。

やはり、ミセス・ダガンの料理の腕はよくないようだ。今朝の食事は昨日の昼食以上にひどい。卵は砂をかむようだし、トーストも包装紙のような味がする。マンディは料理をほんの少し口に入れ、二杯のコーヒーを一気に飲んで仕事場に向かった。

ブライアンはいつもの場所で、いつもの格好をしていた。そして手で「おはよう」の合図をした。マンディは「愛しているわ」とこたえて仕事にかかった。

物語の中で愛の重要性はますます大きくなっている。キーを打つマンディの怒りはつのった。結婚して三日目の女性は愛のすべてを知っていてしかるべきだ。とすれば、この物語が欺瞞《ぎまん》か、あるいは、彼とわたしの生活が欺瞞かのどちらかだ！

自分の生活が欺瞞だなんて思いたくない。彼女は頭からその考えを追い払った。物語にのめり込んでいたので、ブライアンが口述をやめて室内をうろつきだしたことにもほとんど気づかなかった。テーブルには、いまもブランデーの香りがする空のグラスがある。彼はグラスを棚のボトルのとなりに戻した。そしてボトルの中の液体の量を調べ、マンディの顔が見える位置に移動しながらかぶりを振った。彼女の鼻の頭はインクのしみで汚れ、髪も反乱を起こしている。しみをぬぐい、髪をなでつけてやりたいと彼は思ったが、まず仕事を終えなければならない。刊行スケジュールに大きな狂いが生じていて、編集者にはその穴をきちんと埋めると約束してある。

昼食は耐えがたいものだった。ミセス・ダガンは好きだが、それでもマンディはまずい食事に我慢することができなかった。ところが妙なことに、向かいに座っているローズは同じ食事を口にしながら、ほほ笑んでお代わりまで頼んでいる。

午後マンディはブライアンを無視し、手話のレッスンを省いて仕事を再開したが、とても集中できなかった。ほんの少しの間ぎごちなく指を動かしたのちヘッドホンをはずして、彼が見えるように椅子を回した。彼はソファに寝そべり、目をつぶって次の章の構想を練っているところだ。正式に結婚した妻にはこれっぽっちの関心も払っていないわ。彼女は心の中でつぶやいた。

これ以上〝扱いやすい従順なアマンダ〟のふりなんかできないわ。激しい怒りにあおられて本物のアマンダ・ストーンが頭をもたげた。ヘッドホンのプラグを抜くとコードを慎重に巻いて立ち上がり、丸ごと暖炉に投げつけた。あいにく怒りのせいでねらいがそれ、炉棚の花瓶にぶつかった。ヘッドホンと花瓶がいっしょになって床に落ち、すさまじい音をたてる。やっとブライアンの注意を引くことができた。

すぐに彼はマンディのかたわらにやってきた。

「どうした、マンディ？　頭痛がするのかい？」心配そうな口振りだ。彼女はブライアンをにらみつけ、ボールペンと整理用カードをひったくると、文字を書いて趣味のよいブラウスのポケットにそのカードをピンで留めた。「ストライキ中？」二人が知り合って以来初めて、ブライアンはあわてた。「それは困るよ！」

彼女のペンが紙きれの上を走った。「わたしを見て！」勢いよく立ち上がったために、椅子の脚につ いた車がブライアンの靴の上を走った。彼は口を開きかけたが、すでにマンディは戸口に向かっていた。

「アマンダ」彼は心配そうに声をかけた。「ストライキなんてだめだよ。出版社に約束した……」

マンディは後ろを振り返り、指を振り回したが、指の動きが速すぎて、彼には理解できなかった。とてもひどい内容だったので、理解できなくて幸いだった。間もなくマンディは部屋を飛びだした。

ブライアンが彼女をつかまえたのは午後四時ごろだった。マンディはプールの近くの寝椅子に体を伸ばして小説を読んでいた。彼は例によってにやりと笑ったが、いくらかやつれているように見えた。

「ぼくはプロヴィデンスへ行かなきゃならない」ためらいがちに切りだした。「エージェントと約束しているのでね。八時ごろには戻ってくるが、それまできみは大丈夫かい？」

マンディは冷ややかにうなずいた。いまだに怒りは薄らいでいない。

六時まで読書を続けた。ミセス・ダガンが夕食をとるよう勧めてくれたが、断って二階に上がる途中、階段でローズとすれ違った。挨拶《あいさつ》は交わさなかった。

マンディは煮えくり返る思いでベッドに身を投げだした。ブライアンの書くことと実際にすることはまるで違っている。彼がどういうつもりなのか理解できない。

結婚して三日目なのに、わたしはいまだに無垢《むく》なまま。どこが問題なの？　わたしはそれほどみにくい？　それとも、口答えできない娘をそばに置くという楽しみに飽きてしまったの？

あるいは、わたしの態度が悪かったのかもしれない。肝心なのはブライアンを誘惑すること！　マンディはベッドから起き上がった。いまは七時半、夕暮れが迫っている。彼は八時ごろ帰宅すると言っていた。彼女はシャワーを浴びて手持ちのネグリジェの中でもっともセクシーなものを選んだ。頭からかぶると、ネグリジェは柔らかい雲のようにふわふわと下りてくる。まるで何も身につけていないみたいだ。手首と胸に香水をつけた。少しやりすぎかもしれないと思い、彼女は肩をすくめた。

時計が八時を打つころ、マンディは髪にせっせと櫛《くし》を通した。

八時半になってもブライアンは戻ってこなかった。九時。九時半。まだ彼は帰宅しない。十時になった。すべて偽りだわ。マンディは心の中で叫んだ。彼が小説の中で語った愛の言葉はすべて偽りなのよ！

険しい顔でネグリジェを脱ぎ捨て、足で踏みつける。そしてたんすから古いジーンズとブラウス、よれよれのスエットシャツを出した。ジーンズとシャツをぎごちない手つきで着て、スエットシャツを引きずりながら重い足取りで階段を下りた。

書斎の暖炉には火が燃えていた。家の中で動いているものといえば、炎ぐらいだ。マンディは仕事場に行き、最後の四章分の原稿を手に取った――ラブストーリーが絡んでいる部分のすべてを。原稿をかかえて書斎に戻ると、暖炉の火にじっと見入った。

このストーリーはうそだらけ、それにブライアンはわたしを愛していない！　涙があふれ、頬を伝ってブラウスをぬらす。腹立ちまぎれに原稿の山を火の中に投げ込み、青い炎が三日間の成果をなめていく様子をしゃがんで眺めた。マンディはやがて立ち上がると、肩を落としてうなだれた。その姿が炎に照らされ浮き上がった。ライザも部屋に入ってきて彼女のわきに並び、炎に目をやった。

「いったい何をしているんだ、マンディ？」戸口でブライアンがどなった。彼女はますます身を縮めた。彼はマンディをわきに押しやり、まだ燃えていない原稿を引きだそうとした。「原稿をすべて灰にしてしまうつもりか？　どうしたっていうんだ？」彼女の肩をつかみ、頭がぐらぐらするほど揺さぶった。「アマンダ・ストーン！」彼女に面と向かってどなりつけた。「まったくばかげたふるまいだ。このとんま《ダミー》！　わかっているのか？」言葉を口にするたびに強く彼女の肩を揺する。激しい怒りをぶつけられて、マンディの頭はくらくらした。何年も前の記憶がたちまち時を超えてよみがえる。彼女はまた学校の石段に立ち、少年たちにぐるりと取り囲まれていた。脳裏に言葉がこだまする。〝口のきけない《ダミー》やつ！　口のきけない《ダミー》やつ！〟

　マンディは両手で耳をふさぎ、呪《のろ》わしい言葉を締めだそうとしたが、すでに言葉は頭の中に入り込み、銃声さながらに響いている。彼女は苦痛にあえぎ、ぱっと走りだした。ブライアンが追ってくる。彼がマンディの体を揺すっている場面を見ていたライザは、低いうなり声を発した。自分の好きな人間二人がたがいを傷つけ合っている理由が理解できなかった。が、わめき声が続いている間にどちらの味方につくか心を決めた。そして二人の間に立ちはだかり、牙《きば》をむきだして、ブライアンに向かってうなり声をあげた。主人は警告を受け入れて足を止めた。

「マンディ！」ブライアンは叫んだ。「ぼくは何を言った？　マンディ、待って……」

　だが、彼女は止まろうとしなかった。廊下のテーブルからバッグとスエットシャツをひったくると、裏口を抜けて夜の暗闇《くらやみ》の中へ駆けだし、そのまま丘を上ってりんご園に入った。どちらへ行くべきか決めかねて、木立の中で足を止める。地理に不案内な彼女は大きく迂回《うかい》して丘を下り、屋敷を避けて幹線道路を進むと、川岸に向かった。砂浜にうっそうと茂る草を踏みしめたとき、湿った鼻が手のひらに押しつけられるのを感じた。

　ああ、わたしを愛してくれるものもいるわ。マンディはひざまずいて犬を抱きしめた。川岸にはほかに人影はなく、塩分を含む川のさざ波の音が聞こえるだけだった。どこへ行くべきだろう？　東の地平線に見える銀色の月が水面を照らしているが、その優しい光景もマンディの心をなだめてはくれない。

これからどうしよう？　世界中に非難され、見えないものに苦しめられているいま、いったい何ができるだろう？　ばら園に帰ろう。寄せてくる波が足をぬらすのにも構わず彼女は立ち上がった。スエットシャツを近くの岩の上にほうり、道路をめざして草におおわれた丘をまた上りはじめた。

はき古したゴム製のサンダルをひっかけてきたので、岩や小石で足が傷だらけになってしまった。村の中心までは約二キロ、そこからさらに二キロ歩かなければならない。村の中心部を走る目抜き通りを除いては、どの通りにも明かりはなかったが、幸いにも月がずっと同行してくれた。

村の中心の交差点に着いたときは十一時半だった。いくつかの建物に明かりがともっている。彼女はタクシー乗り場があることを思い出した。その場所に着いたとき、タクシー運転手のアル・マニオンは明日の魚釣りにそなえて帰り支度をしようとしているところだった。マンディは自分の住所をメモ帳に書いた。

「いいよ」マニオンは言った。「おれの家からそう遠くない。あんた、スモール家の女の子だね？」マンディはうなずいた。子供じゃないわ、とわざわざ否定はしなかった。彼は古いビュイックの後部ドアを開けた。「ずいぶん遅いじゃないか。あんたは女の子だし、ほかにも都合の悪いことがいろいろあるだろうに」マンディは肩をすくめて車に乗り込み、ライザを自分の前に押し込んだ。

わずか十五分で家に着いた。マニオンは門の前で車を止め、彼女のためにドアを開けた。月の光を浴びている家の正面を見上げてマンディは身震いした。さびれた感じがする。前庭は芝刈りをしなければならない。十人のブライアン・ストーンを勢ぞろいさせたように、窓が彼女をにらんでいる。マンディはためらった。

「大丈夫かね？」マニオンが問いかけた。「あんたが中へ入るまで見てようか？」マンディは首を振り、力なく〝ありがとう〟とほほ笑みかけた。そして彼に手を振り、よろよろと道を歩きだした。彼女の後ろにはライザがぴったりと寄りそっていた。

土曜日の朝になっても、ブライアンは来なかった。マンディはあずま屋に出てブラウスとジーンズを脱いで乾かし、それから滝で水浴びをすることに決めた。身を清めると下着とタオルだけの姿でクッションの上に体を伸ばす。ライザがやってきてかたわらに座った。やがてマンディはうとうとしはじめた。

やがて物音に起こされた。物音と影。ライザは何か見えないものの存在に注意を奪われ、二回うなって家の裏口のほうへ駆けだした。そのあと影がマンディと太陽の間に割り込んだ。彼女は寝ぼけまなこをやっとのことでこじ開けた。

「マンディ？」ためらいがちな声が聞こえてきた。

「マンディ！」声の主はあずま屋の二段のステップを一足飛びに越えてきて彼女を引っ張り起こし、硬い胸に抱き寄せた。マンディはびっくりして目を丸くした。ブライアンはいまにも泣きださんばかりだ。

「ああ、マンディ」彼女の髪に顔をうずめてつぶやく。「きみの姿を求めて村を捜し回ったよ。心配でたまらなかった。きみは川へ向かったものと思ったんだ。だから、州警察や沿岸警備隊、それに友人たちまで駆りだして土手から土手へと捜索して回ったよ！」目の高さが同じになるように彼女を抱き上げ、満足げにキスをした。「アマンダ・ストーン」彼はおごそかな口調で言った。「ぼくがどんなにきみを愛しているか、わかっていないらしいね」

そこで再びキスをする。ブライアン、ブライアン。マンディは心の中で叫び、首に腕を回してキスを返した。彼はマンディを抱きしめ、それから下ろした。

そのとき初めてマンディは上半身をあらわにして

彼と向かい合っていることに気がついた。ぬれたタオルをひったくり、あわてて胸に巻く。ブライアンは笑い声をあげた。「きみはぼくの奥さんなんだよ。それに、のぞき魔がいたとしてもライザが撃退してくれる」もう一度マンディを抱き寄せる。彼女はもがいて両手を自由にした。

「わたしを愛してると言ったの？」とたずねる。

「心からね」ブライアンは言葉を返した。「そうでなかったらどうして結婚する？」

「自信がなかったの」マンディは手話で伝えた。

「もしかしてあなたとメレディスは……」

「ぼくとメレディスの間には何もない。大事なのはぼくときみの関係だけだ。ほかのことはすべて忘れるんだね。ところで、きみが逃げだすようなことを何かぼくが言ったかい？」マンディは彼の顔を見上げ、本気で言っているのかどうか確かめようとした。彼は本気だ。

「わたしにダミーと言ったわ」

「なんてことだ」彼は低い声で言った。「うかつだったよ。原稿が燃えているのを見て頭に血がのぼり、まともに考えられなかった。ぼくを許してくれるかい、いとしい人《ラブ》？」

最後の言葉がマンディの心をなごませた。飛び上がって彼の首にしがみつき、熱烈なキスをする。夢中になっている間にタオルがすべり落ちた。ブライアンは彼女を抱きしめ、優しく口づけしてから下ろした。マンディがタオルをつかんで胸に巻こうとすると、彼の手が邪魔をした。

「時間のむだだよ」

なぜかマンディは恥ずかしいとは思わなかった。扱いやすい従順なアマンダ。彼女はそっとつぶやいた。どうすればいいのか教えてちょうだい、わたしの旦那《だんな》さま。肌と肌、唇と唇が触れ合い、胸のふくらみが力強い胸に押しつけられると、マンディの情熱に火がついた。

しかしブライアンは別のことを考えていた。「きみは川へ向かったものと思ったんだ」さっきの言葉を繰り返す。「ミッチェルときたら、自分の母親の跡さえたどれないんだから。そのうち、ぼくらはきみのスエットシャツと、水際までまっすぐ続いている足跡を見つけた、一方通行のね。あのいまいましいマニオンが魚釣りから早めに帰ってこなかったら、いまごろぼくは病院行きになっていたと思うよ。今朝彼が電話をしてきたんだ。スモールの娘と結婚する気があるとすれば、彼女の居場所に関心を持って当然だとか言ってね。殺してやりたいよ！」

マンディはほほ笑んで彼の唇に指を当て、「ミスター・マニオンはいい人よ」と手話で話した。

「わかっているが、いずれにしてもぼくは腹を立てた。ストーン家の血筋なんだ」

ブライアンはクッションに腰を下ろし、マンディをしげしげと眺めた。水浴びしたあとなので髪はまだ湿っているし、コットンの下着も完全に乾いていないせいで体が透き通って見える。

「それに、なぜ原稿を燃やしたんだ？」彼は詰問した。マンディをにらみつけたが、口元はかすかに笑っている。結局、ブライアンは自分がいまだに怒っているふりをすることはできなかった。途中で怒りは消え、彼女をクッションに横たえてしまったのだから。「ああ、マンディ、どんなにぞっとしたか。この次あんなまねをしたら、ぼくは……何をするかわからない！」長い熱烈なキスシーンを見てライザが不服そうにうなると、彼はマンディを放した。「いまいましい犬だ。本当にきみの母親気どりでいるんだね。さあ、原稿を燃やした理由を話して」

マンディは思いを伝えようと必死になった。手話は完璧《かんぺき》で正確な伝達手段だが、話し言葉にはかなわない。ブライアンの手話に関するボキャブラリーも限られている。「恐れていたの」

「何を？　ぼくを恐れてたんじゃないだろうね？」

マンディは不安にかられて紙とペンを取った。

「あなたに愛されていないんじゃないかって恐れていたの。あなたに自分の気持を伝えられないことを恐れていたの。わたしの障害についても理解してもらえないんじゃないかって。メレディス・クレムスンのことも。それに……結婚式の夜……あなたは来なかった。それがいちばん気がかりだったわ」

「ねえ」彼は優しくなだめた。「もっとゆっくり。そんなに速く読めないよ。きみについて知らないことはたくさんあるけど、理解しようと努力しているんだ。それに、結婚式の夜ぼくはきみのもとへ行ったんだよ。ところがきみは耳までアルコール漬《ず》けだった！」

「そんなことないわ」マンディは紙に書いた。「シャンパンだけを飲んだんですもの、ミスター・ラザフォードの言うとおりにしたのよ。浮かれてはいたかもしれないけど、酔ってはいなかったわ。で、結局、眠っちゃったの、結婚式で緊張していたものだから。でも、次の晩もあなたは来なかったわ」

「行ったさ」ブライアンは静かに言った。「ああ、アマンダ、ベッドに横たわっていたきみはとてもきれいだったけど、ひどく疲れているようだった。だから、あえて起こさなかったんだ。ネグリジェを着せてカバーの中に寝かせてから、ぼくは階下に下りて冷たいシャワーを浴びた。そして居間のソファで寝たよ。最高にみじめな夜だったな。きみは二階でぼくは一階、離れ離れだったんだからね！」

「まあ！」

「話はそれだけ？　あのとき何があったんだ？」

「あなたを待っていたの。八時に帰ると言ってたから。でも、あなたは来なかった。それでかっとなって。なぜ小説に書くのと同じように語り、行動できないのかしらって。小説は大うそだと思ったから燃やしちゃったのよ」

マンディのペンが速く走りだすにつれて、夫の表情は冷静になった。が、彼女の言いたいことは理解していた。「手話の方法は一つだけじゃないんだよ」

ブライアンは彼女に優しくキスをした。マンディはめくるめく思いにとらわれた。彼は理解してくれた！　雲の上をふわふわと漂っているような気分だ。手話の方法が一つだけじゃないことを証明して。マンディの心はそう叫んだが、ブライアンはまた別のことを考えていた。

「車の後ろにピクニック用のバスケットがあるんだ。捜索を打ち切るように電話してから、バスケットをここに運んでこよう。いい子にしているんだよ。すぐに戻ってくるから」そう言って彼は去っていった。

彼はわたしを愛してくれている！　自分の口からそう言ったのよ。これほど確かな証拠はないんじゃなくて？　わたしに打ち直しをさせたくて甘い言葉をかけたのなら話は別だけど。あれだけの仕事をまた一からやり直さなきゃならない、ですって！　いい子にしているんだよ、ですって！　いい子でいるのにはもううんざり。いい子のままでい続けたくて結婚したんじゃないんですもの！　だから――彼女の視線は下着に注がれた。

笑みを浮かべながら滝まで引き返し、冷たい水に打たれた。びしょぬれになった下着を脱ぎ、ばらの茂みにほうる。それからタオルで髪と顔と頭をふいた。その結果、タオルもびしょぬれになったので、あずま屋の手すりにかけると、夫が引き返してくるのを歓迎の笑みを浮かべて待った。

ブライアンは口笛を吹き、バスケットを振りながら小道を戻ってきた。途中であちこちに目を配り、マンディが手入れをした花園を鑑賞し、あずま屋の石段にやってきた。彼が目を上げたその瞬間、マンディは組んでいた腕をほどいて差し伸べた。ブライアンの表情がめまぐるしく変わる――歓迎、驚き、驚嘆――そして、最後のあの目のきらめきは何を意味しているのだろう？

「マンディ」ブライアンの声はかすれ、呼吸も乱れていた。彼は興奮の渦に巻き込まれたのだ。その渦がマンディにも伝わった。ブライアンは石段を駆け上がり、木綿のシャツを着た胸に彼女を抱き寄せた。マンディは彼のシャツのボタンを探った。

彼は靴を蹴《け》って脱ぎ、マンディを抱き上げてクッションまで運んだ。彼女をクッションに下ろすころには、ブライアンも服を着ていなかった。青空の下、二人はばらの香りと激しい情熱のとりこになって横たわり、一つに溶け合った。

しばらくの間、二人はたがいの体をしっかりと抱きしめたまま横たわっていた。ライザが現れたのはそのときだった。ブライアンの耳をなめ、二人の間に鼻を突っ込んでくる。

「よせよ」ブライアンはわざとらしくうめいてみせた。「結婚したてでもう姑《しゅうとめ》に悩まされるはめになるとはね！」彼はあお向けになった。マンディが彼の顔を引き寄せて耳をかむ。ライザは笑い合っている二人をうんざりしたように見ると、その場を離れて庭を点検しに行った。

二人はくつろいだ格好でうたた寝をした。ブライアンの片腕はマンディの体に回され、手は胸のふくらみのすぐ下にあった。家で電話が鳴っている。彼は片方の肘をついて上体を起こし、自分が庭にいることに驚いたようにあたりを見回した。

「ハロー、イヴ」彼はマンディの鼻をくすぐった。

マンディは眠そうに片目を開けて、「イヴ？」と手話できいた。

「きみとぼくは花園にいるアダムとイヴさ。どこかそのへんに蛇はいるのかい？」

こういう気分でいるときのブライアンは理解しがたい、とマンディは思った。こんな陽気な態度でいるときにはどう接していいのかわからない。だから慎重に対処することにした。「小川のそばにガーター蛇がいるわ」

「そうか」ブライアンは笑って立ち上がった。

上背のある引きしまった体を間近に見るのは初めてだ。ブライアンはわたしのもの。すべてわたしのものだわ！ マンディは体を起こすと、裸でいることにも臆《おく》せず、彼にぴったり寄りそった。

「腹がへったかい？」彼はたずねた。マンディはうなずいてバスケットを捜した。彼女が立ち上がろうともがいている間にブライアンはワイヤーチェアに腰を下ろす。重みで椅子がぐらついた。災難を予想して彼女は息をつめたが、何も起こらなかった。

ブライアンが伸びをすると椅子がきしんだ。

「アマンダ、平穏を保ち旺盛《おうせい》な食欲をうながすために、何かで体をおおってくれないか？ チキンはおいしそうに見えるが、きみのほうがもっとおいしそうだ。我慢していられるかどうか、自信がないよ」

「ええ、お望みのままに」彼女は手話で語った。「冗談はやめて。扱いやすい従順な妻を望むことについては、少し考え直しているところなんだから」

マンディは手すりにかけておいたタオルを取ってきて腰に巻いた。

「それで十分かどうかは問題だね」ブライアンは服を着ながらうなった。

「お気の毒さま」マンディは鼻を鳴らした。

「小悪魔め」ブライアンはうなり、襲いかかるふりをする。彼女はテーブルの反対側に素早く身をかわし、バスケットの中身を取りだした。

「一度に二つのことをするなんてだめ。さ、チキンをお食べなさい」マンディは手話で続けた。

「ああ、もっと早く気づいていればよかった」ブライアンはため息をついた。「いまから恐妻家になるとはね！」

まあ、恐妻家だなんて。そんな形で結婚生活を始めるつもりはないわ。でも、彼が本気で言っているのかどうかはわからない。あの大男をごらんなさい。いかにも悲しげな顔をしているけど、内心で笑っているのよ。瞳がいたずらっぽくきらめいているわ——生前の母と同じように。

「ごめんなさい」彼女は手を動かした。「いばり散らすつもりはなかったのよ」

「今度だけは許そう。しかし、二度とごめんだよ」

「誓うわ」彼女は食べ物をついた。

二人は足早に家に向かった。ブライアンは片手に空のバスケットを持ち、もう一方の手をマンディの腰に回していた。彼が裏口を開けると、マンディは自慢の花園を——逃げ場を——見下ろした。わたしにはもう逃げ場など必要ない。帰る家があるのだから。マンディは指を鳴らして彼の注意を引いた。

「この家を売ってちょうだい。お金はわたしの持参金の一部にするから」と手話で話す。

ブライアンは笑った。「きみはいささか古風だね。なぜ持参金がいる？　きみだけで十分だ！」

「だって、そうしたいからよ」彼女は激しく手を動かした。無一文でお嫁入りしたら、二度と自立する女性になれないからよ！　しかし、もちろんこんな考えはブライアンに知られたくない。

「いいよ。金は銀行に預けよう。で、ほかには？」

「まだお願いがあるわ」ちょっとためらいがちに伝える。「わたしの弁護士に会ってもらわなくちゃ。すべてあなたにまかせたいのよ」

「家のがらくたを処分するんだね？　もちろんいいさ、ラブ。この数日中に暇ができたら立ち寄ってみよう」

わたしが屋敷を留守にするときにね。マンディはそう願った。誇り高い大男の性格が、かなりよくかるようになったからだった。ブライアンが、バートン、ブラウン＆バーンズとの話し合いに出かけるときのために、彼との関係をうまく進めておきたい！

7

日曜日の朝、マンディは十時になってやっとキッチンに下りた。ゆうべはすばらしい時を過ごせた。思い出してため息をつき、痛む筋肉を伸ばした。心は満ち足りている。いそいそとガスレンジの前に行ってパーコレーターの準備を始めた。ブライアンの好みはブラックコーヒー、二杯目が空になるまで会話はなしだ。

ポットがぶくぶく音をたてはじめるころ、キッチンのドアをたたく音が響いた。マンディが錠をはずすと、ラザフォードが入ってきた。彼は清潔な白いシャツを着て日曜日を祝っている。その敬虔《けいけん》な姿に打たれ、マンディは彼のもとへ駆けだしてぎゅっと抱きしめた。ラザフォードは日焼けしたブロンズ色の顔を少し赤らめて咳《せき》ばらいをした。

「プールを修理しに来たよ」そう言う彼をマンディはテーブルのほうへ手招きし、飲むしぐさをした。

「じゃ、いただこうかな」ラザフォードはくすくす笑った。「あんたは話さなくても多くを伝えられるね」

マンディはうれしそうに笑ってキッチンボードを取り上げ、「昨日がその日だったの」と書いた。

彼はけげんな顔をした。「なんの日だって?」

「ほかの日よりもいい日だったの」マンディは走り書きした。ラザフォードが重ねて咳ばらいをする。マンディは彼の額にキスをした。

「いったいなんのまねだ?」ブライアンが戸口に立っていた。「わが家のキッチンに座ってぼくの妻にキスしているわけか、ケイレブ?」ブライアンが怒っているのでマンディは驚いた。両方の頬に手を当て、彼がかんしゃくを爆発させませんようにと祈った。ブライアンの髪は乱れ、髭《ひげ》もそられていない。怒りが本物かどうかを判断するのはむずかしい。マンディは彼にコーヒーをついで事態をおさめようとした。

「そうだよ」ラザフォードは言った。「別に悪いことじゃないだろう」

「習慣にしないでくれ」コーヒーマグを受け取りながらブライアンは笑った。そして席につくとマンディの腰にわがもの顔で左手を回した。

「いや、癖になってしまいそうだ」ラザフォードは言った。「実際、気持のいいことだった。早起きは三文の得——ベン・フランクリンの言葉だがね」

「アマンダ」ブライアンが命令する。「ぼくは腹ぺこだ。何かたっぷりと食べたいよ」マンディは彼に舌を突きだしたが、それでも素早く西部風オムレツをつくりはじめた。「ぼくは猟銃を手に戸口に立って、始終見張ってなきゃならないのかな？」

マンディはいたずらっぽい表情を浮かべてうなずき、オムレツを皿に盛った。そのときドアが開いてローズがぶらぶらと入ってきた。両肩に黄色い竜の刺繍《ししゅう》がされた中国風の部屋着に身を包んでいる。

マンディはうらやましそうにかぶりを振った。叔母さんのように小ざっぱりした装いは、わたしにはとうていまねできない。とりわけ朝食前には。

「わたしもこれにするわ」ローズはブライアンの皿を指さした。「花嫁さんがお料理をつくれるからといって、このわたしが朝食をたくさんとるようになるなんて、誰に想像できたかしらね？」彼女は心からほほ笑みながら言ったので、辛辣《しんらつ》さは感じられなかった。マンディはラザフォードの腕に触れてコーヒーをお代わりするよううながした。

「もらおうか。害にはならんだろう」ラザフォードは言った。

給仕がすべて終わると、マンディはブライアンの後ろに立って彼が食べる様子を眺めていた。右手はブライアンの肩に置かれている。彼はマンディにほほ笑みかけ、ナプキンで口をぬぐって彼女を自分の膝に座らせた。マンディは首に腕を回し、無精髭の伸びたあごに顔をこすりつけた。

「ここでのんびりしてちゃプールの穴はふさがらんな」ラザフォードは椅子を後ろへ引いた。

「ちょっと、ブライアン」ローズが不平をこぼした。「そんなまねは寝室でしたらどう？」

「いや、無理だね」甥《おい》は答えた。「寝室ではもっと重要なことをするんだ」

「ケイレブとわたしの前で見せびらかすことないと思うけど」叔母は冷ややかな声で応じた。

「なぜ？　ぼくたちは見せびらかして当然の許可証を持っているんだ。教会と州に祝福されてね」ブライアンは熱烈なキスをしてからマンディを立たせ、自分も立ち上がった。「ぼくらはプールの仕事にかかるよ、ダーリン。水もれや何かを調べる必要があるからね。出版社も締め切りを十日間延期してくれたし」彼がラザフォードといっしょに裏口から庭に出るのと入れ違いに、ライザが入ってきた。

「ちょっと座ってちょうだい」ローズが言い、ブライアンが座っていた椅子をたたいた。マンディは自分のコーヒーを運んできて席についた。ローズはコーヒーを飲んでたばこに火をつけ、マンディにも勧めたが、彼女は断った。ローズは一、二服ふかすと吸殻を押しつぶした。「子供のことだけど、計画はあるの?」

マンディはキッチンボードをふいて、「彼は何も言っていません」と書いた。

ローズはかぶりを振った。「それがあなたの唯一の欠点よ。あの男の言いなりになっているじゃないの。言うことを聞くだけで黙ってちゃいけないわ。男はいい気になるばかりよ。あなたも自己主張してあの子に立ち向かわなくちゃ!」

マンディはコーヒーにむせそうになった。「どうして?」とボードに書く。

「まあ!」叔母は質問に意表をつかれ、一瞬口ごもった。「対抗しないとあの子を変えられないからよ。何しろ傲慢《ごうまん》な男だから!」

「彼を変えたいとは思いません。いまのままの彼が好きなんですもの」

ローズはうんざりして首を振った。再びたばこに火をつけ、一、二服吸って灰皿に押しつぶす。それから攻撃を再開した。「それにあなた、子供がほしいでしょ?」

「ええ、できれば四人」

「じゃ、そろそろ始めたほうがいいわ」

マンディは同意のしるしにほほ笑んだ。

「とすれば、あの子を変えるつもりなのね?」

「いいえ」マンディは書いた。「ブライアンは結婚式の前に言いました、ヒンソン先生のところへ行って、ピルについて相談してくるようにって」

「まあ、あきれた」ローズはため息をついた。「ピルって、あのピルなのね？」

「ええ、彼はそう言いましたわ」

「それで？」ローズは先をうながした。

「もらいに行けって彼に言われたので、もらってきました。それだけのことですわ」

「わたしが結婚しなかったのはそのためかもしれないわ」ローズは吐息をもらした。「指図を受けることに慣れていなかったから」

「わたしもですわ」マンディは書いた。

「気をつけて。あの子は自分に逆らうものに対しては容赦しないから」

マンディは戸口から出ていくローズを見送った。短い言葉の中に多くの意味が含まれている。ブライアンを思いどおりにあやつろうとすれば、危ない橋を渡ることになる。だけど、実際には彼を思いどおりにあやつっているわけじゃないわ。ただ……順応しようとしているだけ！

夕食までにはまだ時間がある。メニューは典型的なニューイングランド風になるだろう。コールドミートとドレッシングでまぜ合わせたサラダ。だが、マンディは結婚して初めての週末だから、腕をふるいたい気分だった。そこで、フルーツケーキを作ることにした。小麦粉の中に肘まで突っ込んでいるとき、玄関のベルが鳴った。

彼女はベルの音に驚いた。来客はないはずだし、どんよりとした天気の陰鬱《いんうつ》な朝なのに。再びベルが鳴った。マンディは肩をすくめ、流しで手を洗った。髪にも鼻にもブラウスにも小麦粉がついている。粉を払ってみたが効果はなかった。

またベルが鳴った。ベルに指を当てたままでいるらしい。マンディはジーンズで手をふいてスイングドアまで走った。ライザはうなり声をあげたが、テーブルの下から出ようとしなかった。またベルが鳴る。彼女はブラウスの襟を整えてドアを開けた。

若い男がいらだたしげにマンディのわきをすり抜け、二つの旅行鞄《かばん》を中に運んで床に下ろした。痩《や》せた背の高い男だった。きれいになでつけた黒髪、こっけいなカイゼル髭。グレーの三つぞろいには非の打ちどころがない。男はマンディを使用人だと思ったらしい。

「エドワード・クレムスンだ。妹を連れてきたんだ。ちょっと早かったが、ブライアンは構わないだろう」

マンディは手を後ろで組んで彼を見た。好感の持てないタイプだと判断するのに一分とかからない。使用人扱いされても平気よ。この家の使用人たちは家族同然に扱われているのだから！

彼に続いて女性が石段を上がってきた。マンディは息をつめた。兄ほど上背がないとはいえ、細長い顔はそっくりだ。漆黒の髪は肩まであり、耳の上の部分は小さくカールされている。顔には入念に化粧が施され、ブランド物のドレスが成熟しすぎた体にぴったりと張りついている。

二年前ヨーロッパでブライアンが追い回したっていうのはこの女性なの？ そしてたぶん彼はつかまえたんだわ。そう思うとみぞおちがきりりと痛む。ひどいわ。もう少しの間ブライアンと二人きりで過ごしたいのに。

「この子が例の口のきけない子よ」メレディス・クレムスンが兄に言った。「ローズ叔母さんが手紙に書いていたのを覚えているでしょ、ブライアンの新しい使用人について？ こういう慈善事業的なことはやめてもらわなくちゃ」マンディのまわりをぐるりと回ってあらゆる角度から吟味し、話題の主が耳も聞こえない女性であるかのように話した。「まだほんの子供だわ」メレディスは続けた。「それに、やぼったい娘でよかった。ほら、きたならしい格好を見てよ。この調子なら、ここから追いだすのにそれほど時間はかからないわね」

エドワードはくすくす笑いながら近づいてきてマンディのあごに触れた。マンディはあとずさりした。「なるほど、屋敷のごみを処分するのにそう長くはかからないだろうな」妹に話しかける。「しかし、軽く見るのは禁物だぞ。よくよく見るとかわい子ちゃんみたいだから」

「ばかなこと言わないで、お兄さん。おてんば娘っていう感じよ。それに、どう見てもお手伝いだわ。心配するだけむだってものね」メレディスはアマンダのほうを向いて言った。「そこに突っ立ってないで。働きなさいよ！　わたしたちが来たってことをブライアンに伝えてらっしゃい。エドワードはニューポートに帰らなきゃならないんだから。荷物を運んで。それと、書斎へコーヒーを持ってきてちょうだい」それだけ言って、メレディスは廊下をゆったりと歩きだした。

マンディは彼女のあとに続こうとしたが、通り道をエドワードにふさがれた。彼はマンディを壁に押しつけて強く抱きしめ、両腕の自由を奪った。マンディはかっとしたが、腕の自由はきかないし、強い力で押さえられているので体を動かすこともままならない。これでは空手も役に立ちそうにない。

マンディはもがき、足で蹴《け》ろうとしたが、エドワードはキックをかわし、全体重をかけて反撃をはばむ。そして徐々に唇を下げ、マンディの唇を奪った。メレディスが書斎の戸口に立って笑っている。

おかしなキスだわ、とマンディは思った。とても乱暴なキスだ。口髭が上唇のデリケートな部分をこする。たばこの強い臭気も感じる。エドワードは唇をさらに強く押しつけて反応を引きだそうとした。反応は得られた――まぎれもない侮蔑《ぶべつ》の反応が。

わたしにキスする方法を知っているのはブライアンだけなの？　そう考えているうちにマンディの体の力が抜けた。エドワードは降伏の合図と受け取り、さらに力を加えてきた。彼女を壁に押さえつけ、ヒップから胸へと片手をさまよわせる。

マンディはいっそう激しく抵抗し、憎々しげに蹴ろうとした。的には命中しなかったが、足を振り回した瞬間、靴のかかとが壁にぶつかり、大きな音が廊下に響き渡った。

キッチンのスイングドアがばたんと開いてライザが飛びだしてきた。怒り狂う犬の通り道にいたメレディスは、突撃のあおりを食ってころんだ。エドワードは背中を向けていたので、犬が突進してくるのに気づかなかった。ライザは彼に向かって突撃し、マンディもろとも床に押し倒した。エドワードは体を起こそうともがく。一方ライザは、うずくまっているマンディの上にまたがり、エドワードをにらみつけた。

「そのいまいましい犬を追い払え」エドワードはおびえて叫んだ。「大げさなレイプ・シーンを演じる気はなかったんだ！」ライザは、マンディのほうへ伸ばされた彼の腕を払い、巨大な歯で上等な上着をかんで引き裂いた。そして上着を口から放し、彼にじわじわと近づいていく。エドワードは恐怖に歯をがちがち言わせている。玄関のドアが開いているのを幸いに、彼はぱっと外に出て石段を駆け下りた。犬は低い獰猛《どうもう》なうなり声を発しながら追いかける。エドワードはマスタングの横にぶつかり、もたもたした手つきでドアを開けると、フロントシートにころげ込んで後ろ手にドアを閉めた。

犬は前足を窓にかけて舌をだらりとたらした。エドワードは必死になって窓を上げ、運転席に移って車を発進させようとしたが、エンジンがかからない。犬は反対側の窓に回ってほえかかった。彼は再度エンジンをかけ、力まかせにギヤを入れて、タイヤをきしらせながら爆音とともに走り去った。

マンディは犬の耳を引っ張って大きな頭を胸に抱いた。まるでシャーロック・ホームズの『バスカヴィル家の犬』みたい。彼女はその本を二回読み、映画を四回見たのだ。苦労して立つと、ライザの頭に片手をのせた。

メレディスはショック状態で床にへたり込んだままだ。マンディは彼女のほうへ近づいた。ブライアンは騒ぎを耳にしたかしら。ライザではなくブライアンが救助に駆けつけていたら、どうなっていただろう？　何しろ彼は短気だから……。

メレディスはやっとのことで立ち上がり、ドレスを元どおりに直そうとした。動揺を抑えようとはしているが、唇が震えている。バッグからコンパクトを出し、顔に何やらしはじめた。マンディはため息をついた。わたしもお化粧の仕方を知っておく必要があるわ。

マンディが近づいていくと、メレディスはゆっくりとあとずさりしながら書斎に逃げ込んだ。むろん犬がいるからだ。わたしだけなら誰も怖がらないはずよ。マンディは内心そうつぶやくと、指を鳴らしてライザの注意を引き、人さし指で命令した。犬はその命令について思案するかのように彼女をじっと見つめ、やがて入口に座った。そこでマンディも書斎に入った。

メレディスは用心深く犬の動向を探り、いくらか安心したらしく緊張を解いた。「兄はからかっただけよ」彼女は震える声で言い、クッションのきいた椅子に座ってスカートのしわを丁寧に伸ばす。マンディも向かいの椅子にかけ、メレディスと視線を合わせた。

あなたは女主人よ、お客さまに何かしてあげなくちゃ。マンディは自分に言い聞かせた。指を鳴らしてメレディスの注意を引き、「コーヒー?」と口を動かした。

「いただくわ。ブラックをね。あなたも飲んだら? ブライアンが来るまでおしゃべりしましょうよ」

マンディは部屋を出た。ライザのわきを通りすぎるとき、大きな犬は頭を上げて振り返った。「番をして《ガード》」彼女が合図すると、犬は床に頭を落とし、メレディスのほうへ鼻面を向けた。

キッチンのパーコレーターにコーヒーが残っているが、もう冷たくなっている。あなたも飲んだら、ですって。マンディは鼻を鳴らした。あのすばらしいレディはたちまち戦術を変えた。メレディスは何かを求めている。何を? 明らかにコーヒーではない。マンディは食器棚から古いインスタント・コーヒーの瓶を出した。香りは抜けてしまっているが、小さなポットに粉末を入れて沸騰させた。

メレディスは依然ほほ笑みを浮かべている。「ここに座って」自分の座っているソファの横を指さし、大きな声で言った。口のきけない人は聴力も劣るものと思っているらしい。おそらくは知力も劣ると思っているのだろう。「わたしがコーヒーをつぐわ。おしゃべりをしましょう。わたしの声が聞こえる?」マンディはうなずいてつくり笑いをした。「それに、意思を伝える方法が何かあるんでしょ?」

マンディはテーブルの上のメモ帳と鉛筆を指さした。いとしいブライアン。いまでは部屋という部屋に一ダースのメモ帳と無数の鉛筆が用意してある! マンディはメモ帳を取り上げてソファにゆったりと座り、目を上げた。

メレディスはかん高い声で笑っている。「かわいそうなブライアン。鉛筆に話しかけなければならないとはね。さぞ楽しいでしょうよ!」マンディは答えなかった。「キッチンでお仕事があるんでしょ。あまり邪魔しちゃいけないわね。ところで、このコーヒーおいしいわ」

あなたの味覚はその程度のものよ。マンディは自分のコーヒーを一口すすってみた。食器を洗ったあとの汚れた水みたいだ。

「あなた、声が出せないの？」メレディスが探りを入れる。マンディがうなずくと、彼女は笑った。「ブライアンはさぞかし退屈してるでしょうね。わたしが早めになんとかしてあげなくちゃ」

再びマンディはみぞおちに痛みを感じた。この女性は傷口にナイフを向けようとしている。

「ここに住むようになって長いの？」

マンディはうなずいて、「生まれてからずっとここに住んでいます」と書いた。

「そうじゃなくて、この屋敷に来てからのことよ」

マンディは五本の指を上げた。

「五カ月？」

マンディはメモ帳に書いた。「五週間です」

「あなたはまだ子供でしょ？　年はいくつ？」

九十五歳になりかかっている二十一歳。マンディは内心で答えながら、片手の指を二本、もう一方の手の指を一本出してみせた。

「二十一歳？」メレディスは考え込んだ。「十六歳にも見えないくらいなのに」マンディは肩をすくめた。こういう言葉には答えようがない。「ところで、ブライアンはどこなの？」

「プールの修繕をしています」マンディは書いた。

「すてきだわ」メレディスは満足そうだ。「水泳は大好きよ。水着も山ほど買ってあるの」

きっと一枚ごとに体をおおう部分が少なくなっていくんでしょう。マンディは心の中で歯ぎしりした。

「あなたは泳げるの？」マンディは眉間をまともに殴られたような衝撃を受けた。水泳をしようなんて、もう何年も考えたことすらない。アフリカで激しいあらしに襲われたとき――血が額にしたたり落ちたとき以来一度も。マンディは身震いし、頭をたれた。

「いいえ、泳げません」メモ帳に書いた。

「まあ」その一言は意味ありげに発せられた。メレディスはマンディの表情から何かを見抜いたのだ。マンディは水に関する話題では表面を取りつくろえなかった。自分がとても未熟で頼りない気がする。ブライアン、助けて！　彼女の心は叫び声をあげた。

取り調べは続いた。「この近くで生まれたの？　以前からブライアンを知っていたんでしょ？」

マンディはかぶりを振って鉛筆を持った。「知り合ったのも五週間前です」

「じゃ、あなたたちは見知らぬ他人も同然なのね？」メレディスはRの音を強く発音した。いかにも不自然に聞こえる。「もちろん、ブライアンとわたしが古くからの友人同士だってことは知っているでしょ。彼はヨーロッパのあちこちへ追ってきたわ、わたしと結婚したくって。ただ、当時はタイミングが悪かったの。わたしにはまだ心の準備ができてなかったから。でも、いまの彼は生活の安定した作家だし、わたしもいくらか年齢を重ねて落ち着く準備ができたわ。じきに彼の口から結婚についての話題が出てくると思うの。ここには四、五週間滞在する予定だから、彼にも十分な時間ができるはずよ。そうでしょ？」マンディに話しかけるというよりも、自分自身で思案している様子だ。「そのころまでにはあなたも自宅へ帰る予定を立てるべきね。ブライアンとわたしが結婚したあとは、あなたにこの家を乱してほしくないの。わかってもらえるかしら？」

マンディは目を見開き、こぶしを握った。メレディスの顔を満足げな表情がかすめた。

「あなたも気の毒にね」本音は明らかにその逆だ。

「ブライアンにお熱を上げているんでしょ？」マン

ディはうなずいた。「まあ、悪い子ね」メレディスは笑った。「もうわたしがここへ来たわけだから、あなたはもっと自分にふさわしい男性に関心を移さなきゃ。彼に好かれているとでも思ってるんじゃなくて？」

マンディは鉛筆の先をかみながら考えたすえに、メモ用紙に大きく「ええ」と書いた。

「ばかばかしい」メレディスは身を乗りだした。「なぜそんなことを考えたの、ブライアンがあなたみたいな子に関心を持つなんて？」

わたし自身も不思議に思ったわ。マンディは内心でつぶやいた。

「それで？」メレディスはうながした。「彼があなたに関心を持っているなんてなぜ思ったの？」

マンディはメモ帳をしっかりと握った。「わたしの何かを好ましく感じたんだと思います。先週の火曜日にわたしと結婚したんですもの」

メレディスはぎょっとしてソファから立ち上がった。コーヒーカップが絨毯《じゅうたん》の上に落ちて中身が飛び散った。彼女の顔がゆがむ。「うそつき、口もきけない、ばかなあばずれ！　そんなまねをわたしが黙ってさせておくと思って？」

ライザが戸口で立ち上がり、室内に入ってきた。メレディスは犬を横目で見てあとずさりし、英語とフランス語で呪《のろ》いの言葉を吐いた。マンディは肩をすくめて腰を上げると、戸口に向かいながら指を鳴らしてライザについてくるよう命令した。戸口へ行くまでは何事もなかった。彼女が廊下へ足を踏みだしたその瞬間、コーヒートレーが飛んできて、ドアからほんの数センチ離れた壁にぶつかった。それからさらに十分間、メレディスは書斎で大荒れに荒れていた。

8

マンディがケーキをオーブンに入れようとしたとき、ローズが外に通じるドアから入ってきた。「ずいぶん騒がしいようだけど。何か面倒なことでもあったの？」その瞬間、書斎でガラスの割れる音がした。

「ええ」マンディはボードに書いた。「ミス・メレディス・クレムスンなんです。ご機嫌が悪くて」

「メレディス！　まあ！　面倒ってなんなの？」

「わたしがミセス・ブライアン・ストーンになったことをついさっき知ったものだから」

「困ったわね」ローズはうろたえた。「あの兄妹をここに呼ぶなんて間違ってたわ。でも、来週までは来ないはずだったのに。なぜ今日来たの？」

「書斎をのぞいてみて」とマンディは書いた。

「メレディスが短気なのは知っているけど」ローズは言った。「いつもはエドワードがちゃんととりなすのに。お兄さんなんだけど。彼も来たの？」

「ええ」

「で、どこにいるの？」

「すぐに帰りました」マンディは書くことに疲れてきた。文字を消して指を曲げたり伸ばしたりする。

「アマンダ・ストーン！」ストーン家の血筋を引くローズもやはり気が短い。「エドワードはどうしてそんなに早く帰ってしまったの？」

マンディはため息をついた。その問題を避ける道はないらしい。

「ライザがエドワードをかもうとしたんです」

「まあ！　そんな歓迎の仕方じゃ親切だとは言えないわね。ブライアンがどう思うかしら？」

そのときまた書斎でものの壊れる音が響いた。

「平穏を取り戻せるかどうか見てこなくちゃ」ローズはそう言うと、ブライアンがよくするように、鋭い視線をマンディに投げたあと部屋を出た。

マンディはキッチンを見回してため息をついた。ケーキづくりのあと片づけをするのは一苦労だ。彼女は仕事に取りかかった。手間はかかったが、おかげで考えすぎずにすんだ。できるものなら叫びたいくらいだった。ストーン家の人たちのような神経があればいいのに。

午後二時、ブライアンが口笛を吹きながら入ってきた。彼はマンディを抱き上げ、軽くキスしてほかの部屋に消えていった。マンディは勇気をふるい、オーブンからケーキを取りだした。そして焼き皿を冷まそうとしたとき、ブライアンが早々と引き返してきた。

「マンディ」彼は険しい口調で言った。「食堂に来てくれないか」マンディはテーブルの上のケーキを手振りで示した。「いますぐにだ!」マンディは首をすくめ、彼に従ってのろのろと廊下に出た。メレディスはすでに食堂に入って窓の外を眺めていた。二人が入ってきたことに気づいていたが、ぎりぎりまで知らんふりを決め込んだすえに驚いてみせた。

「あら、そこにいたの、ブライアン」メレディスは彼の肩に手をそえた。「それに、いたずらっ子も」

「アマンダ」ブライアンは切りだした。「メレディスの話では、きみはライザをけしかけて彼女とエドワードを襲わせたそうだね。ライザは彼女を押し倒し、エドワードをかんだっていうじゃないか。事実なのかい?」

マンディは足元の床がくずれ落ちるように感じた。なぜ彼はわたしを責めるの?「少し違うわ」と手話で伝え、反抗的な気持を表情に出したが、ブライアンはそれを無視した。

「ライザはメレディスを押し倒したのか?」マンディはうなずいた。「そしてエドワードをかんだんだね?」彼女が重ねてうなずき、説明しようと手を動かしかけると、ブライアンは片手を上げてさえぎった。「これ以上話してもむだだ。メレディス、すまないが二人きりにさせてくれないか?」

メレディスは彼の腕を軽くたたいた。「あまり厳しくしないで。まだ子供なんですもの」

「マンディは子供じゃない」彼は冷淡に言う。「たとえ子供だとしても……すまない、二人きりにさせてくれ」メレディスはうなずいて部屋を出ていった。

出ていく彼女を見送るとき、ブライアンの目に奇妙な表情が浮かんだ。優しさ? 愛? マンディはぞっとした。

「今回の件には弁解の余地がない」ブライアンは言った。「ライザとミッチェルが攻撃用の犬として訓練されていることは知っているはずだよ。そんな犬がわが家の客を襲ったと思うとぞっとする。二度とあってはいけないことだ。それ以上に、客に対しては丁重にふるまってほしいものだね」

マンディはもう一度説明しようとした。簡単な説明で誤解は解けるはずなのに、ブライアンはさえぎった。

「やめなさい! この件はもうおしまいだ。二度とあんなまねをしないこと。きみはぼくの妻なんだから、子供じゃなくてね」ブライアンは彼女に背を向けて出ていった。

アマンダは窓辺に立ってこぶしを握ったりほどいたりした。傲慢《ごうまん》で、独断的で、頑固な男! 判事と陪審員と検事の役を一人でそっくり引き受けたつもりでいるんだわ。わたしには抗弁の機会さえ与えられない! それに、あの成熟しすぎた不快な女! わたしがすべきことは、ここに立って苦しみに耐えることなの? ひざまずいて許しを請うこと?

マンディが足音荒くキッチンに戻ると、ライザさえあわてて通り道からそれた。わたしはキッチンに駆け戻り、ブライアンと彼のいとしい女性のために夕食の支度をする——彼はそれを期待しているのね。二人してせいぜい恋人ごっこを楽しむといいわ！

ケーキはテーブルで仕上げを待っていたが、中央がくずれて陥没している。マンディは罪のないケーキを三つに切って裏口から外にほうった。ミッチェルが贈り物を文句も言わずに受け入れた。あのいまいましい男。彼女は心の中でわめいた。たまたま手元にあったケーキ皿が宙を飛んで冷蔵庫に激突し、こなごなに砕け散った。音の大きさにはかなり満足できたが、まだ十分ではない。彼女は室内を歩き回り、手に触れたものを壁に投げつけた。

ライザは冷蔵庫のかげに隠れて難を逃れた。マンディは満足げににんまりしながら夫に対する復讐《ふくしゅう》の手段を講じた。冷蔵庫を開け、あらかじめ準備していたコールドミートの皿を出す。夕食用の料理がことごとく床に下ろされるのを、ライザはじっと見守った。犬が作法を忘れてまたたく間に肉を平らげるのを見ると、マンディは相好をくずした。ブライアンに教訓を授けてやるべきよ！　夕食にはサラダをつけばいいんだわ。彼女はテーブルの中央にサラダを置いて戸口に向かった。

戸口でローズとすれ違った。「もうすぐ四時半よ」老婦人は注意をうながした。「お客さまがあるときは食事を遅らせたくないわ。夕食はどうなっているの？」

マンディはテーブルの中央にぽつんと置かれたサラダ・ボウルを手で示した。

「サラダだけなの？　メレディスはサラダが嫌いなのに」

「よかった」マンディは口を動かした。

「まあ、あなた泣いているのね。どうかしたの？」

マンディはポケットから苦労してメモ帳を取りだした。「泣いてなんかいません！　わたしは自分の部屋へ行きます」

「いい思いつきね。着替えをする時間は十分あるわ。テーブルの準備はわたしがしましょう」

「わたしの分は結構です」マンディは素早く書いた。「彼とは二度と食事をしませんから！」

「まあ……何があったっていうの？」ローズは口ごもった。「いつもの冷静さはどうしたの！　自分の姿をよく見てごらんなさい」

「自分の姿なんて見たくありません」

「わたしはただ……ええ、いいわ。でも、女主人はわたしじゃなくてあなたなのよ。ブライアンには頭痛だって伝えましょうか？」

「胃が痛むと伝えてください。正気になって逃げだしたとも。それに」鉛筆の芯《しん》が折れた。マンディはローズのわきをかすめて階段を駆け上がった。

もうこれ以上我慢できない。階段の中ほどまで上がる前に涙があふれだした。声のないすすり泣きがマンディの体を激しく震わせる。階段を上がる途中、背後から小さな話し声が聞こえてきた。

「いったいアマンダに何をしたの？」ローズが問いつめている。返事ははっきり聞こえない。マンディは気の進まないまま、夫婦の寝室に通じる廊下を進んでいった。ブライアンの身のまわりの品々に囲まれていくらか心が軽くなり、涙も乾いた。着古したネグリジェを着て巨大なベッドに心地よく身を休める。マンディの頭はくらくらした。ブライアンがメレディスの味方についた。そのことを考えると心が乱れる。わたしは彼に説明するために心を砕く必要もなかった――そのチャンスさえ与えられなかったのだから！

怒りにまかせ、握りこぶしで枕《まくら》をたたいた。従順なところを彼に見せてあげるわ。怒り狂いながら自分に誓ったあと、眠りに落ちていった。

グラスの触れ合う音とときおり響く笑い声で、マンディは目を覚ました。ベッドわきの小さな時計は十時を示している。不思議なほどすがすがしく穏やかな気分で、開け放たれた食堂の窓から聞こえてくる声に耳を傾けた。いま幸福の絶頂にいるのはメレディス・クレムスンだ。恋の狩人《かりゆうど》メレディスがよりによってわたしの夫にねらいを定めてそっと近づこうとしている。それなのに、わたしは闘争の場から逃げだした。アマンダ・ストーン、あなたは世界一の大ばか者よ！

何度も寝返りを打っているうちに一時になった。そのときブライアンがドアのノブを回した。彼は大きな足音をたてて部屋に入り、浴室に直行してドアをばたんと閉めた。シャワーの音がマンディの耳にも入る。浴室から出てきながら、彼は何やらぶつぶつ言っていた。そしてマンディのかたわらに横たわったときベッドが揺れた。ブライアンの片手がマンディの体に触れたが、彼女はまだ腹を立てていたので、寝返りを打ってその手をかわし、床に下りてベッドわきの椅子まではって進んだ。彼は上体を起こし、両手を頭の後ろで組んだ。

「ぼくに腹を立てているんだね？」

「そうよ」マンディは全身でその気持を表現した。

ブライアンは吐息をついた。

「アマンダ」そっと声をかける。「うちの犬が危険なことは知っているだろう」

「知っているわ」

「それなのに、ぼくはきみをしかるべきだったとは思わないのかい？」

「思わないわ」マンディは彼をにらみつけた。

「アマンダ」ブライアンは根気よく話し続けた。「ぼくはエドワードやメレディスといっしょに育ったんだ。二人が生まれたときから知っている。メレディスがうそをつくとは思えないね。なのにきみはなぜ、ぼくのとった態度が納得できないんだい？」

「わたしがあなたの妻だからよ」マンディは厳しい顔をして手話で伝えた。ブライアンは愕然《がくぜん》とした表情をした。顔が青ざめたかと思うと、耳まで赤くなった。一瞬の間があった。

「きみの言うとおりだ」彼は不承不承認めた。「そのことを考えるべきだった。何があったのか説明してくれ」

「いやよ。あなたはわたしを信頼するべきよ。あなたの妻なんですもの」

ブライアンはまた長いこと沈黙して思いをめぐらした。ベッドの上でぎこちなく体の向きを変える。

「ぼくは夫になるための勉強をたっぷりしなきゃいけないね。今回もきみが正しい。ぼくはどう釈明すればいいだろう？　心から謝る。きみはぼくの妻だから信頼するよ！」

ほっとした拍子にマンディは大きなため息をもらした。

「許してくれるんだね？」

マンディはうなずきかけてやめた。解決すべき問題がまだ残っている。「以前」彼女は手話を始めた。「あなたは夜八時に帰宅するって約束したことがあったわね。でも、帰らなかった。なぜなの？」

「ぼくはきみの夫なんだよ、アマンダ」ブライアンはくすくす笑いながら言った。「だから、ぼくを信頼しなきゃいけない」

マンディは自分の仕掛けたわなに陥り、ブライアンの微笑はにやにや笑いに変わった。彼女はつられまいと頑張ったが、ユーモアのセンスがしだいに怒りを圧倒していく。怒りがすっかり消えると同時にマンディも笑いだした。

「ぼくを信頼するかい？」ブライアンが返事を求める。

マンディには伝えたいことがたくさんあったが、ボキャブラリーの少ない彼にはとうてい理解できないだろう。第二番目のプランを実行するべきときよ。マンディは自分にそう言い聞かせ、彼のシャツのボタンをぎごちなくはずし、ゆっくりシャツを床に落とした。

　あくる朝マンディは子供のようにはしゃぎ、小躍りしながら階段を下りた。ローズ、ブライアン、メレディス、ミセス・ダガンの全員が朝食のテーブルについていた。ローズの頬に口づけし、ブライアンには〝愛しているわ〟と合図をし、メレディスにまでほほ笑みかけた。白いフリルのついたブラウスに濃い色のジーンズというマンディの子供っぽい格好を見て、みんなが笑い声をあげる。

「おはよう、いとしい人《ラブ》」ブライアンが声をかけた。

「ゆうべより気分がよくなったかい？」マンディは瞳を悪魔のようにきらめかせて彼を見た。

「宵の口、それとも深夜になってからのこと？」マンディの手話を見てブライアンはコーヒーにむせた。

「指を動かして、いったいなんのまね？」メレディスがたずねた。「ゆうべはあなたがいなかったから、ブライアンとわたしは二人きりでずっと過ごさなくちゃならなかったわ。夕食もわたしがつくるはめになったし」彼女の声には満足そうな響きがある。それは誰の耳にもはっきりわかった。

　まあ、驚いた。マンディは内心でうめいた。立派な体をしているばかりでなく、料理までできるなんて！　メレディスをこれ以上のさばらせておくと、わたしの希望はくじかれてしまいそう！　あなたは不平を言わずに午前一時までわたしの夫につき合いなさい、メレディス。でも、そのあと彼はわたしのもとへ来るわ。これならおたがいに妥協し合って暮らしていけるかもしれない。あなたは彼と夕方ずっといっしょに過ごし、わたしは夜をずっといっしょに過ごす! アマンダ・ストーン、あなた、ちょっぴり意地悪女になっているわ。マンディは自分をいましめ、悔い改めてテーブルにつき、ボードを取り上げた。

「メレディス」彼女は書いた。「昨日はごめんなさい」ブライアンはその伝言を見てマンディにほほ笑みかけた。そして彼女を自分の膝に座らせ、うなじに顔を押しつけた。

「わかったわ」メレディスは答えたが、その声は冷たく、表情がどうであろうと本心から許していないことは明らかだ。「とにかくとても驚かされたけど。何しろあなたも幼いし、口がきけないわけだから……」わざと途中で言葉を切り、ブライアンのほうへ視線を向けた。「今日はプールのそばで日光浴でもしましょうか」

「そうだね」ブライアンは答えた。「しかし、アマンダには仕事があるんだ。原稿は郵送するばかりになっていたんだが、ひどい事故があってそれが不可能になった。だから、アマンダは打ち直しをしなきゃならない」

「アマンダ」ローズが口をはさんだ。「そのみっともないジーンズのほかに何か着るものはないの?」

「あなたもビキニ姿になって、少しの間わたしたちの仲間入りをしたら?」メレディスが言った。さりげない口振りを装っているが、その声は硬い。

この女性、今度は何を望んでいるの? マンディは途方に暮れた。それに、わたしのジーンズのどこがいけないっていうの? 清潔だし見苦しくもないし、二年前に買ったばかりなのに。でも、メレディスには注意しなくては。彼女はわたしが水を恐れていることを知っている。そのうえで弱みにつけ込もうとしているのだ。そしてブライアンは何をたくらんでいるの? メレディスは憎むべき女性なのに、彼はやましさでも感じているようにふるまっている。ローズ叔母さんまでがわたしの服のことでけんか腰になっている！　みんながわたしを打ち負かそうとしているのだろうか？

マンディは夫の頭のてっぺんにキスをし、ほかの者にはうなずいてみせて仕事部屋に向かった。数分後、ブライアンが二杯目のコーヒーを運んできた。

「こんなふうに働かせたくはないんだが、締め切りを守る必要があるからね」彼女は警戒しながらうなずいた。偉大な作家には状況がはっきりつかめているとしても、タイピストはあまりよく理解できていない。「ぼくは数時間休憩するよ」横目でマンディを見て反応を探ろうとする。

彼女はまじめな表情を保った。シャベルを持っているのは彼なのだから、わたしとしては、彼が自分の墓をどこまで深く掘るつもりなのか確かめてもいいはずよ。マンディは心の中でつぶやいた。

「ぼくはメレディスの相手をするよ。きみの邪魔をしないようにね。彼女には悩まされているんだろう？」

マンディは明るい笑顔をつくってみせた。ブライアンはそれを同意のしるしと思い込んだらしい。彼女に優しくキスすると、急いで部屋を出ていった。

どのテープに何が入っているか調べるのにいくらか時間がかかった。タイプを打ちはじめたとたん、マンディは誰かに肩をたたかれた。ヘッドホンをはずし、椅子を回転させる。

メレディスが立っていた。布地を可能なかぎり切りつめたビキニパンツをつけている。「ビキニのトップがつけられなくて困っているの。悪いけど手伝ってもらえない？　とっても大変なのよ」メレディスは身を乗りだして続けた。「グラマーな女性にとってはね。あなたにもわかるでしょうけど」

どうしてわたしにわかるかしら？　マンディは思

った。彼女の前に出ると、自分が発育不良の見本みたいな気がしてくる。上から八十六、五十三、八十六のサイズに不満を持ったことはなかったが、メレディスの豊満な体と比較すれば、わたしの体はさしずめ洗濯板だ。戸口で物音がして、メレディスが振り返った。ブライアンが入ってきた。

「おっと」彼は部屋から出ようとした。

「お上品ぶらなくていいのよ」メレディスがうれしそうに声をかけた。「ストラップがちょっとよじれているだけだから。マンディに手を貸してもらっているの」

マンディは、メレディスがわざと胸をゆっくり隠そうとしていることに気づいた。そこで椅子から立ち上がり、よじれたストラップをまっすぐに直してそれを背中に回し、こま結びで息もできないほどきつく結わえた。おまけとして、その上にもう一つ結び目をつくった。

できるものなら結び目をほどいてごらんなさい。マンディは口を動かした。大げさに演じたので、ブライアンにさえ事情がわかったようだ。

「ともかく」彼は笑った。トランクスをはいた姿はアポロを思わせる。マンディは夫をほれぼれと眺めた。「プールへ出よう、メレディス。そしてきみは仕事に戻るんだ」マンディの前に立ち、肩に優しく手をそえる。

マンディはメモ帳をひったくって書きなぐった。「目玉を引っ込めなさい。こぼれ落ちそうになっているわよ」

「目玉だって？」ブライアンは笑った。マンディはかっとして夫の向こうずねを蹴《け》ろうとしたが、的に命中しなかった。ブライアンは大きな笑い声をあげながらメレディスの肘を取って部屋を出た。残されたマンディはデスクの前に座り、あきれてかぶりを振った。落ち着いて仕事を再開するにはさらに五分が必要だった。

正午になるとマンディは仕事を中断した。窓が開いているし、ヘッドホンもはずしているので、プールから響いてくるおしゃべりや、ときおりあがるうれしそうな悲鳴が聞こえる。彼女は窓辺に近づいた。ブライアンはふくらんだマットの上にメレディスと並んで寝そべり、彼女をくすぐっている。マンディは歯ぎしりをして、八つ当たりするようにミセス・ダガンが運んでくれたハムサンドにかぶりついた。

やがてローズがビニールの巻き尺を持って鼻歌まじりに仕事部屋に現れた。

「まっすぐ立って」マンディが命令に従うと、鼻歌を歌いながら寸法を計って書き留め、もの問いたげに眉を上げげた。「どうすれば女が家事の一つもできないまま、六十五年間も生きてこられるのか、不思議に思ったことはなくて？」彼女は上機嫌だ。それは間違いない。「わたしの唯一の関心事が服飾デザインだからよ。午後から町に出かけるつもりなの。あなた、そんな服装じゃ対抗できないわよ」

マンディはわけがわからずかぶりを振り、「どうして対抗しなきゃいけないのかしら？」と書いた。

「夫を自分のものにしておきたいでしょ？」

「ええ、もちろんです」

「だったら、黙ってじっとしてらっしゃい」ローズはぶつぶつ言って、さらに寸法を計った。それから相変わらず鼻歌まじりで部屋をあとにする。マンディはその後ろ姿を見送りながらにやにやした。さて、叔母さんは何をたくらんでいるのかしら？

マンディは肩をすくめた。最近はやたらと肩をすくめることが多い。仕事に戻り、五分ほど続けた。不思議なことにプールからは声が聞こえなくなった。テープの山はかなり低くなってきたとはいえ、まだだいぶ残っている。扱いやすい従順なアマンダは仕事を中断して立ち上がった。肩に痛みを感じながら、仕上がった原稿を重ねて伸びをする。夫とあの女性との間にはいったい何が起こっているのだろう？　残酷無慈悲なストーンさま、この奴隷は最後の仕事を仕上げました。たとえ何が起ころうと、もはやアマンダ・ストーンはタイピストではありません！

マンディは痛むわき腹をさすりながら、キッチンに行き、ライザを呼び寄せていつもの散歩に出かけた。庭を抜けて丘に向かい、大西洋に面した険しい断崖《だんがい》に到達するまでたっぷり三十分間かけて散歩を楽しんだ。彼女は崖《がけ》に腹ばいになって海を見渡した。畏怖《いふ》の念さえ起こさせるすさまじい眺めだ。やがて彼女とライザは屋敷に引き返し、プールに向かった。ブライアンはすでに家の中に入っていたが、メレディスは依然としてマットに寝そべっていた。育ちすぎた猫のようだ。

「泳ぎに来たの？」

メレディスにたずねられ、マンディはかぶりを振った。

「あなた、最高にすてきなことをすべて実行せずにいるわ。ほら、なまっちろい肌をして。全然日光浴をしないの？」

マンディは手で否定の合図をした。

「まあ、あなたの場合は水着を着ても張り合えないでしょうけどね」メレディスは続けた。「普通、そんなだぶだぶの服を着る女性は何かを隠そうとしているものよ。かわいそうに。あなた、理解できる？」

ええ、理解できますとも、あなたが第一級のあばずれだってことはね。でも、わたしの夫は奪えないわ、だってあなたは……燃えたぎる戦艦みたいですもの。わたしは新しい作戦行動を展開している最中なのよ。毎晩わたしが夫を夢中にさせれば、彼はあなたに対して関心を失うでしょうから！

「あなたを見ると意外な感じがするわ」メレディス

は詮索《せんさく》を続けた。「ブライアンとは長いつき合いだからわかるんだけど、彼の好みはもっと豊かな……ええと……成熟した女性だったのに」

あなたには〝量より質〟ってことがわからないのね。とにかく、この取り調べから逃れなければ。マンディはプールのほうへ向きを変えた。水がいっぱいのプールを間近に見るのは初めてだ。舞踏室からよく見える位置にあるのだが、風よけの役目をはたす木立がプールの四方を囲んでいるので、窓からは見えなかった。水はダークブルーに染まっている。魅せられると同時に嫌悪を感じ、彼女は水面をじっと見つめた。

子供のころ、父親といっしょに水遊びをしたことが思い出される。赤十字社で行われる水泳のジュニアクラスのテストにパスしたときは、父がとても喜んでくれたものだ。あのころはマンディも水に入るのが好きだった。

しかしいまは心に黒い影がある。彼女は胸の奥深くにある鍵《かぎ》のかかった扉と闘ったが、扉は決して開かない。自分が水にひどくおびえていることはわかるけれど、その理由が思い出せない。あえて思い出そうともしなかった。

マンディは用心深くプール際から離れた。その様子を観察していたメレディスは、恐怖に凍りついた表情と彼女の目に浮かぶ不安の色に気がついた。やがてメレディスは体を起こし、木立の間に姿を消した。マンディがその場にとどまり恐怖と闘っていると、夕食のために身支度したブライアンがやってきた。

「そろそろ食事の時間だよ」彼は言った。「少しはリラックスできたかい？」マンディは夫にほほ笑みかけたが、身震いを抑えられなかった。ブライアンは妻の鼻のてっぺんに口づけした。

なぜわたしは夫の愛を疑うの？　マンディは心の

中で考えた。いいえ、疑ってなどいないわ。わたしが疑っているのは――恐れているのは――自分が彼をつなぎとめておけるだけの女性ではないということ！　遅かれ早かれ、声を出せないということが二人の関係にとって大きな障害となるだろう！

「プールを見るかい？」ブライアンがもの思いをさえぎった。「水を入れて二日たっただけなのに、もう草が生えているんだ」そう言って腕をマンディの体に回し、プール際へ近づいていった。

足がコンクリートのへりにのったとき、マンディの必死のあがきがブライアンにも通じた。

「おい」ブライアンは彼女をしっかりと支えた。「プールにつまらないものがあるだけだ！」マンディはますます激しくもがき、彼の腕を両手でたたいた。胸の奥からごく小さな弱々しい音が出た。「ひどくあわてているね。どうした？」ブライアンは彼女を抱き上げてプールから遠ざかり、水際から六メートルほど離れた場所にある椅子のところまで引き返した。「どうしたっていうんだ、マンディ？」

マンディは感情を抑えてブライアンの問いに答えようとした。さっきまで手にしていたメモ帳がなぜかなくなっている。そこでゆっくりと手話を始めた。「おぼれるかと思ったの」手首を出して、ブレスレット代わりにしている〈医療上の注意〉のバッジを見せた。彼はバッジを裏返して文字に目を走らせた。

「うかつだったよ」彼は自分に腹を立て、非難がましくつぶやいた。「恐水病。水が怖いんだね！　マンディ、きみは大ばか者と結婚してしまったよ！」

その言葉にはとうてい同意できない。マンディは顔をそむけた。ブライアンはマンディを椅子から抱き上げ、代わりに自分が座って彼女を膝にのせると、背中をさすってなだめた。マンディは徐々にリラックスして彼の胸に寄りそった。しばらくすると彼は立ち上がり、マンディを椅子に座らせた。

「ここで待ってて、飲み物を持ってくるから。いいね？」マンディは力なくうなずいた。

ブライアンが去ったあと、マンディは自分にお説教を始めた。アマンダ・ストーン、二十一歳になるのにばかな女学生みたいなまねをして！　他人から始終〝子供っぽい〟と言われるのも不思議はないわ。

彼女は強いて椅子から立ち上がった。プールへ一歩一歩近づいていくのが苦痛でならない。しかし、プールのへりに到着するまで前進を続けた。

水際から数センチのところで足を止め、周囲を見渡した。視線を落として水を見るにはさらに勇気が必要だ。太陽は急速に沈みつつある。水は黒っぽく、いよいよ不吉な色に変わっていく。しかし、なんとか恐怖を押し殺すことができ、マンディは自分をほめてやった。そのとき、背中に手が触れるのを感じ、彼女はその手に押されて暗黒の中へと落ちていった。

マンディは悲鳴をあげたが、声は出ていなかった。自分の身に危険を感じたくらいでは、しっかりと閉ざされた心の中の扉は開かないらしい。ぶざまな格好で弱々しく水をたたいているので、水音は数十センチ離れたあたりまでしか届かない。やがてマンディの自制心は恐怖のために消え去った。現実の世界から完全に切り離されたどこか遠いところで、夕暮れの空気を裂いて犬のほえる声を聞いた。

マンディは空気を求め、躍起になって水をかいた。水が口にどっと入り込んできて息ができない。頭が水面を割り、夕闇《ゆうやみ》の中に一瞬シルエットとなって浮かび、また沈んでいく。小さな沈黙の世界に閉じ込められて、マンディは声なき悲鳴をあげた。

ブライアンが服を着たままプールに飛び込んだときの水音も、マンディには聞こえなかった。ブライアンの力強い手につかまれ、パニックに陥ってもがいた。彼はマンディを抱き寄せると、水面近くまで引き上げて、彼女のあごを大きなこぶしで殴った。

マンディが意識を失っていたのはわずか数分間だったが、ブライアンにとっては、彼女をプール際まで運んで水から出すまでにはずいぶん長い時間がかかったように思えた。彼はマンディを芝生の上に横たえ、舌をかんでいないのを確かめてから人工呼吸を施した。胸を押さえられて痛みを感じたマンディは、慈悲を求めて力ない手を振り、涙を流した。ブライアンは人工呼吸をやめてマンディの呼吸が正常に戻っているのを確かめると、彼女を抱き上げて屋敷に向かった。

途中でタオルを何枚も下げたミセス・ダガンと会った。彼はタオルを一枚ひったくり、まずマンディの顔を、それから髪をふいた。「どうしたんだ、マンディ？　待っていろと言ったはずなのに。何があったんだ？」

マンディは地面に下ろしてほしいと身振りで示した。そして一、二度よろめいたのち、落ち着きを取り戻した。体のどの部分よりもあごが痛い。指で痛いと合図した。

「殴らずにはすまなかったんだ」ブライアンは自己弁護した。「きみがひどく抵抗するものだから、二人ともおぼれてしまうところだったよ！」

ローズも騒ぎに気づいてやってきた。「こんな時間に泳ぐなんて、ばかげているわよ、アマンダ。夕食の支度ができているわ。まあ、みんなで笑ったりして、何がそんなにおかしいの？」

みんなは屋敷に戻った。恐怖は去り、疲労と倦怠《けんたい》は感じていたが、マンディは不思議に穏やかな気分だった。夫を見上げ、「愛しているわ」と合図した。

「わかってるよ」ブライアンは笑った。マンディが舌を突きだすと、仕返しに彼女のお尻をたたいた。

「二階に上がって着替えをするんだ」ブライアンは命令した。「あとで下に来たくなったらそうするといい。いやだったら、ぼくが食事を運ぼう」

彼の腕につかまってよろよろと階段を上がりながらも、一瞬ごとにマンディの体力は戻ってきた。寝室に入ると、ブライアンがぬれた服を脱がせ、浴室のバスケットにほうり込む。それからマンディをシャワーの下まで連れていって壁に寄りかからせた。彼はいったん外に出て服を脱ぎ、またシャワーの下に戻って力強い手でマンディの体を支えた。熱いお湯に優しく包まれ、マンディは正気を取り戻した。

シャワーをすませたあと、ブライアンは二枚のバスタオルで彼女の体をふき、ベッドまで運んだ。

「しばらくここで休んでいるんだ。気分がよくなったら夕食を食べに来ること、いいね？」

マンディは「ありがとう」と合図して、ブライアンがスラックスと黒いセーターを手早く着て部屋から出ていくのを見守った。彼はあなたの命を救ってくれたわ。マンディは心の中でつぶやいた。これ以上何を望むことがあって？　声が出せなくてもいいのよ、あなたを愛している人が絶えず見守ってくれているのだから！　あなたは彼を愛している。彼もあなたを愛している。気を楽にして。階下に行きなさい。勇敢なところを彼に見せてあげなさい。

ところが足が言うことをきいてくれない。おぼつかない足取りでやっと衣装だんすの前に行く。長い間空っぽだった棚に、あらゆる種類、あらゆる色のドレスがそろっている。どの服もマンディが初めて見るものばかりだった。ああ、ローズ叔母さん、あなたってすてきな女性だわ！

ドレスの数が多すぎて選ぶのがむずかしい。マンディは目をつぶって棚をつつき、手に触れた黄色いリンネルのシャツドレスをつかんだ。深いV字形の胸元にはレースのひだ襟がついている。たんすからおそろいの黄色いショーツと短いスリップを出した。ドレスは完璧《かんぺき》だった。すそは膝のまわりで揺れ動き、ヒップとボディスの部分は体にぴったりなじんでいる。鏡に自分の姿を映してみて驚き、顔をしかめた。まだぬれたままで頭に張りついている巻き毛のせいで、二十一年間の人生経験を持つ十六歳の娘のようだ。化粧水をつけ、あごにできたあざを隠すために軽く粉をはたき、マスカラとリップグロスを塗って準備は完了した。

階段の下からブライアンがマンディを呼び、途中まで上ってきた。マンディがほほ笑みながら膝を折って会釈すると、彼は小さなグラスを差しだした。

「ブランデーだ、元気を取り戻すために。その必要があるだろう？」

マンディはグラスを両手で受け取り、少しずつ飲んだ。ローズも自分の仕事の成果を見に食堂から出てきた。「悪くないわね、マンディ」笑いながら言う。「その格好なら子供には見えないわ。香水はつけたの？」

マンディはかぶりを振った。

今度はミセス・ダガンがキッチンから出てきて歓声をあげた。「まあ、妖精たちはアマンダ・ストーンにどんないたずらをしたのかしら？　行方不明者まで出るしまつだし。ミス・クレムスンの姿が見当たらないんです。どなたかご存じですか？」

「まだ庭かプールにいるかもしれない」ブライアンが言った。「二人とも食堂に入って。アマンダとぼくは庭を回って捜してみるから」

庭に出た二人は低いうなり声を耳にした。

「ライザだ」ブライアンは言った。声は風よけの茂みの向こう側から響いてくる。二人は手をつなぎ、足早に角を曲がった。うなり声といっしょにすすり泣きの声も聞こえる。二人の目前に、追いつめられたメレディス・クレムスンの姿が現れた。ドレスを引き裂かれ、恐怖に身震いしている。ライザが彼女の目の前で、体を低く構えてうなっているのだ。

「この犬はいったいどうなってしまったんだろ

う？」ブライアンはぶつぶつ言いながら急ぎ足で前進した。「お座り、ライザ」犬は命令に逆らった。遅れてやってきたマンディが指を鳴らして犬の注意を引き、命令する。巨大な犬はもう一度うなって後退し、ようやく座った。

メレディスはブライアンのところへ駆けだそうとしたが、彼女が少し動いただけでライザが立ち上がる。メレディスはさらに隅のほうへ後退した。

「ブライアン」メレディスがかん高い声を出した。

ブライアンは突っ立ったまま、瞳に冷ややかな表情を浮かべ、額にしわを寄せた。

「アマンダの犬がそれほどきみを嫌う理由はなんだろう、メレディス？」

「知るものですか」メレディスは叫んだ。「そんなことより、わたしを助けて」

「どうもわからないね。マンディがプールに落ちておぼれそうになったのを、きみは知っていたんだろう？」

メレディスは顔をゆがめてわめいた。「彼女が泳げないのはわたしのせいじゃないわ」

「それはそうだ」ブライアンはまだ穏やかな口調を装っている。「マンディ、ライザをキッチンに入れてくれ」マンディはライザの首輪をつかんでその場から立ち去った。追いつめられた女性は、マンディと犬を、次に自分の目の前に立って眉根を寄せている男性を見ると、屋敷に向かって走りだした。

9

マンディとジェーン・ブラッシュが懸命に仕事に打ち込んだ結果、三日後の正午についに原稿は仕上がった。プールに落ちたあくる日のこと、マンディが朝遅くに書斎へ入っていくと、夫が不機嫌な顔をして待っていた。

「この原稿を急いで仕上げなきゃいけないのに、忘れていたのかい？」

「いいえ」マンディはとっておきの甘いほほ笑みを浮かべながら手話で答えた。

「だったら、さっさと仕上げたほうがいい」彼はマンディのために椅子を引いた。

「いやよ」また甘いほほ笑みを浮かべる。

「いやだって？　さあ、マンディ。始めるんだ！」いつもの〝主人はぼくだ〟調の声が震えている。マンディの準備はできていた。ポケットからラベルを出して胸に留めた。

〈またもやストライキ中！〉と書いてある。

「おい、アマンダ！」ブライアンはどなった。が、二十分間どなり続けてもマンディの拒否の姿勢はくずれず、ついに断念した。「わかった。せめてその理由を教えてくれ」ため息とともに言う。

「わたしたちには平等の権利があるし、奴隷制度も廃止されているわ。第一、わたしはあなたの秘書ではなくて妻なのよ。秘書には誰かすてきな子を雇えばいいわ」マンディはメモ帳に書いた。

「もちろん雇えるさ」彼は同意した。「しかし、適性のある秘書を探すには一カ月はかかるよ」

「ジェーン・ブラッシュに頼めばいいわ」

「ジェーン・ブラッシュ？　プロヴィデンスの法律

事務所で働いていたあの女の子かい？」

「こちらに戻ってきてお母さんの面倒をみているから、パートタイムで働きたがってるのよ」

ブライアンは両手を上げた。「犯罪的だな。まあいい、あの子を雇おう。彼女を見つけるのに一週間はかかるはずだ。いまどこにいるんだ？」

「キッチンで待っているわ」マンディは手話で伝えた。一瞬ブライアンはかんしゃくを起こしそうになったが、やがてユーモアのセンスを取り戻した。そして彼女をかかえ上げ、思いきり抱きしめた。

「仕切り上手な奥さんだ」マンディの耳元でささやく。「そういうタイプは嫌いだがね」しかし、彼のキスは熱烈だった。そうして仕事はフルスピードで続けられることになった。

いまマンディは、夫が作品に目を通し、封筒に入れて封をする姿を大いなる満足とともに眺めている。二人のそばでは、プロヴィデンスの郵便局にその原稿を運ぶべく、ラザフォードも待っていた。

それからの三週間はまたたくうちに過ぎていった。ブライアンは新しい小説のプロットづくりに没頭していた。アイデア、会話、登場人物を次から次へと出してはマンディの意見を聞き、参考にした。彼は妻との新しい関係に満足しているようだが、ストーン家に滞在中のメレディスはおもしろくなかった。

「彼女はいらだっているわね」ある夜メレディスが出かけているとき、ローズが夕食の席で言った。

「今日エドワードが迎えに来なかったら、かんしゃくを起こすんじゃないかと思ったわ」

「彼女は叔母さんのお客ですよ」ブライアンが応じた。「ここにいたいと思うかぎりは歓待します」

「でも、わたしがなぜメレディスをここに呼んだか、あなたにはわからないでしょ？」叔母はぶつぶつ言った。「自分でもわからなくなることがあるわ」

「あの兄妹が叔母さんの名づけ子だからでしょう。

もちろん、アマンダは彼女のことを悪魔の親戚《しんせき》のように思っていますがね」

デザートを食べながら、ローズが言った。「メレディスといえば」そこでため息をつく。「二人とも気をつけてちょうだいよ。あの子は両親に甘やかされて育ったから、二人が亡くなって以来、理性的にふるまうことができなくなったわ。何事であれ、敗者になるのがいやなのよ」

「気をつけますよ」ブライアンは言った。「ぼくたちに害を与えるようなまねができるとは思わないが、しかし、もしそんなことでもあれば……」そこまで言って彼は肩をすくめた。

次の日、マンディは朝寝坊をした。前夜、二人は早めにベッドに入ったが、眠ったのはずっとあとのことだった。マンディは枕《まくら》から頭を上げたものの、部屋が揺れているような気がしてまた頭を落とした。

ブライアンはすでにベッドから出て室内を歩き回っている。彼女は寝ぼけまなこをこじ開けて、夫が着替えする様子を見守った。「今日のぼくは農夫だ。本が完成したからね。実は、別の件できみに話があるんだ」

マンディはうなずいたものの、たちまち後悔した。意識をはっきりさせるにはあと二分は必要だ。体の組織がどこか狂っているにちがいない。

ブライアンはベッドのへりに腰を下ろして、マンディの手を握った。「きみの家のことなんだが」

「何か不都合なことでもあるの？」

「いや。ミセス・ダガンのことでちょっとね」

「なんなの？」マンディは心配そうにたずねた。

「彼女がお父さんの世話をしているのは知ってるだろう。お父さんは一人にしておくには年を取りすぎているし、寝たきりになるには若すぎる。まだまだ体を動かす必要があるんだ」

「そうね。何か手助けする方法があるの？」

「お父さんはプロヴィデンスの郊外に住んでいる。庭のない貸家にね。ミセス・ダガンが毎日往復しているわけだが、あそこからじゃ何しろ遠すぎる。お父さんは庭いじりが好きで、わが家としては家政婦を失いたくない。それに、きみが本気で売りたがっているとは思えない家がある。管理の必要がある庭つきの家がね。そこでお父さんに管理人としてあの家に移ってもらいたいんだ。ぼくたち夫婦にとっても、別荘ができるわけだし。遠い将来、子供ができればその子供たちにも家が必要になる。同意してくれるかい？」

「すばらしいわ。でも、お父さまには必要なだけのお給料を出さなくちゃね」

「もちろんさ。妥当な額を渡さないと、ばら園の世話もできないだろうからね。ちゃんと配慮するよ」

「あなたってすばらしい男性ね」

「そうさ」彼はチェシャー猫みたいなにやにや笑いを浮かべた。「さて、ぼくはしばらくケイレブを手伝ってこよう」

夫が部屋を出てドアを閉めたあと、マンディはほほ笑みながら再び眠りに落ちていった。

十一時になってやっと目を覚ました。気分はずっとよくなっている。今日はシンプルな青いオーガンジーのドレスを着た。階段をゆっくりと下りはじめたとき、また吐き気に襲われ、途中でしゃがまずにはいられなくなった。キッチンでローズとベッキーが笑いながらドレスを話題にしゃべっている。書斎からはブライアンとメレディスの会話も聞こえてくる。マンディは盗み聞きしたくてたまらなくなった。

「あなたが理解できないわ、ブライアン」甘ったるい声でメレディスが言った。「ヨーロッパではわたしを追い回していたくせに」

「まあね」ブライアンは認めた。「きみをつかまえたのも一度じゃない。しかし二年も前のことだ。あのころはきみがほしくてたまらなかった」

「いまならわたしもオーケーよ」

「きみはいつでもオーケーだった」彼は鼻を鳴らした。「しかし、いまのぼくは違う」

「なぜ？」さっきより声がかん高い。「まさかあの……子供と本気で結婚したわけじゃないでしょ？」

「欲望と愛情は別物だ」彼は答えた。

「本気なの？　わたしに触れてみて。彼女とは違うでしょ？　何も感じないなんて言わないでよ」

「子供じみたまねはやめよう、メレディス。確かに何かを感じるさ。嫌悪をね。アマンダは若いし、きみほどグラマーでもないが、ぼくに対して愛情と敬意をいだいてる。そして従順だ。いつか息子を産んでくれるだろう。ぼくたちは愛し合っているんだ。彼女は普段は慎み深いが、ベッドでは情熱的だ。こう言えばきみの好奇心は満たされるかい？」

メレディスは目をぎらぎらさせながら、足音荒く書斎から出てきた。マンディは姿を隠そうと、階段の手すりに体を押しつけた。間もなくブライアンも出てきたので、彼女は立ち上がっておはようと伝えた。彼にかかえられ、階段の下に下ろされたとき、マンディはまたもや吐き気を感じたが、やがて気分がよくなった。

「町へ出かけてくるよ」ブライアンは言った。「きみの弁護士たちと約束があるのでね。家の処分の件も解決したことだし。気分はどうだい？」

「ついさっきまではよかったんだけど」マンディは手話で伝えた。

「それはいけないね」ブライアンはうわの空で答えた。ほかの問題に気を取られているのだ。

夫が立ち去ると、マンディは足を引きずるようにしてキッチンに入った。ローズもミセス・ダガンもやたらと彼女を気づかった。ローズは、マンディが体を震わせたことに気づいた。「また何かあったの？」

　マンディはボードを手に取って書いた。「話したくありません。今朝は気分が悪いんです」キッチンの中が静まり返った。

「気分が悪いって？」ミセス・ダガンのアイルランドなまりが強調された。

「まあ……アマンダ！」ローズが言った。流しにいたベッキーもやってきて聞き耳を立てた。

「別に大したことじゃないんです」アマンダはむっつりした。「今日だけのことでしょうから」

「いいわ」ミセス・ダガンが笑った。「赤ちゃんの話をしましょう」

「金髪にブルーの瞳」ローズが夢見るように言った。

「きれいな女の子。すてきじゃない？」

「決めつけないでください」ミセス・ダガンは反対した。「子供はいつも聞き耳を立てているものですよ。男の子のはずですわ。旦那《だんな》さまにそっくりの立派な男の子、名前を継げるようなね」

「双子ならどう？」ローズが言う。「それなら口論の手間が省けるわ。そう思わない、アマンダ？」

　マンディは椅子の上に上げた脚を両腕でかかえ込んで、うれしそうにくすくす笑った。

　昼食は自家製のクラムチャウダーで、マンディは苦もなくたいらげた。今朝は吐き気が早くおさまればいいと思っていたけれど、いまは別のことを考えていた。おなかがどんどんふくらんでぶざまになったら、どうやってブライアンの関心を得ればいいのだろう。

　昼食をすませたあと、ローズは昼寝をしに二階に上がり、ミセス・ダガンは町へ買い物に出かけた。マンディは皿洗いをしながらも、庭に通じる戸口からいっときも離れようとしなかった。彼女はテーブルについて新たにコーヒーをつぐと、玄関の物音に耳をそばだてた。

玄関のドアが大きくばたんと音をたてた。マンディははっとして飛び上がり、キッチンのドアの取っ手をつかんだ。「アマンダ！　いまいましいアマンダ・ストーン！」ブライアンはどなった。「いったいどこにいるんだ？　三十万ドルの持参金があることを、どうして黙っていた？　首をひねってやるからな！　アマンダ！」

予期したよりもひどい反応だわ。マンディは落胆した。彼女はライザの首輪をつかみ、戸口に向かって駆けだした。が、すぐに足を止めて考え直した。事態を悪化させてもなんにもならない。雲隠れしたらますます彼を刺激するだけだ。テーブルに引き返し、ボードをきれいにふいて文字を書いた。〈ライザを長めの散歩に連れだします〉よく考えたうえで〝長め〟の部分に線を引いた。

ブライアンは廊下をどすどす歩き、部屋から部屋へとドアを開けては閉めていく。その音がマンディの耳にも入った。彼女は再びライザの首輪をつかみ、裏口からそっと抜けだしてりんご園まで走った。昼食後すぐに走っては消化に悪いとでも言いたげに、ライザは不承不承ついてきた。木立のかげまで来たとき、マンディは足を止めて一息つき、屋敷のほうを振り返った。

岸にそって一時間ほど歩くと、川の河口に着いた。デモレスト・ポイントで、潮干狩りをしている二人の少年と会った。マンディはまず時間を見て、それからしゃがんで少年たちの様子を眺めた。少年たちは小さく、拾っている貝はもっと小さい。楽しい光景だ。

夢想にふけっている最中に、ジーンズではなく新しいドレスを着て出てきたことをふと思い出した。もう屋敷に引き返して困難に立ち向かってもいいころだ。まさかささいな金銭問題でブライアンに殺されることもないだろう。彼女はほほ笑みながらポケットから特製の超音波の犬笛を出して吹いた。が、なんの反応もない。

ライザは笛の音が聞こえないほど遠くへ行ったのか、あるいは、何かに気を取られているのだろう。そもそもあのレディは散歩に乗り気ではなかったのだから。マンディは二人の少年に手を振り、家をめざして丘を上りはじめた。午後の空はどんよりとくもってきた。水平線のすぐ上に浮かんでいる二、三の雨雲がニュー・ベッドフォードの方角へ急速に動きだした。

マンディは少し歩調を速めて丘を上り、見通しのきく尾根に向かった。サッカリー・ポイントの上空にさらに雲が増え、日差しがかげってきた。尾根の頂上に達したとき、自分の名を呼ぶ声が聞こえた。遠くに見える小さな人影はメレディス・クレムスンだ。彼女は声をかぎりに叫び、崖《がけ》を指さしている。

マンディは全速力で駆けだした。はるか下の畑からラザフォードが動かしているトラクターの音がするだけで、ほかには何も聞こえない。

「アマンダ」声が聞こえる距離まで近づいたとき、メレディスが叫んだ。「崖の上よ!」

マンディは息を切らして立ち止まった。意味がよくわからないが、質問することもできない。メレディスは手話のレッスンをしようとしなかったし、メモ帳も忘れてきた。

「あなたの犬。ライザよ。わたしがあそこに立っていたら……」メレディスは丘を数メートル下りたあたりを指さした。「……ライザがコサックみたいな勢いで丘を駆け上がっていったの、うさぎを追ってね。二匹ともすぐそこの崖の上に行ったわ」

マンディは心配そうにそちらに目をやった。下り坂で、トンネルのようになっており、もっとも切り立った崖に通じている。マンディは前進して腹ばいになり、崖っぷちから下を見渡した。下のほうへ数メートル続く急勾配《こうばい》の小道が、洞窟《どうくつ》の入口の前の小さな岩棚のところでとぎれている。ライザの姿はない。

「その下には洞窟があるわ」メレディスが興奮しながら言った。「犬はきっとその穴に入ったのよ。あんなに急な斜面じゃ上がってこられないわ」

マンディはできるだけ落ち着いて状況判断をしてみた。ライザは荒れ狂う海の上の岩棚で動きが取れなくなっているに違いない。雲行きも怪しくなっている。なんとしても助けなければ。マンディは立ち上がり、メレディスに手話で語りかけてみたが、むだだった。ごく単純な合図で伝えなければならない。

マンディは自分を指さして、「わたし」と口を動かし、次に岩棚に続く小道を指さした。「あなた」メレディスを指さしたあと、その指をいまもトラクターの音が響いている丘の中腹まで下げる。最後に「行って、助けを呼んできて」と口を動かした。

メレディスは真剣な顔でうなずいた。「あなたは犬を追ってそこを下りるのね。そしてわたしは農場へ戻る」

マンディはうなずいて崖に引き返した。崖を下りるにはただ一つの方法しかない。小道をすべり下りて足が岩棚に着地するのを祈るしかないのだ。マンディは腹ばいになって体をくねくねさせながら小道を下りていった。

小道はすべりやすくなっていた。マンディは道の両側に生えているかやつり草をつかんでゆっくりと下りていく。やっと崖のてっぺんから三メートル半ほど下の固い岩棚に足が届いた。

そこでマンディはメレディスのほうへ手を振った。崖っぷちから下をのぞき込んでいる頭がかろうじて見えるだけだ。メレディスは笑っている。その残酷な声が崖にこだまし、むく鳥の群れを四散させた。

メレディスは手を振り、「あなたにはブライアンをつなぎとめておけないって言ったでしょ」と叫んだ。「おやすみなさい！」それだけ言って体を起こし、ゆっくりと去っていった。

今度はどんな面倒に巻き込まれたの？　マンディは洞窟があるはずの場所を見た。洞窟などどこにもない。幅わずか一メートル、長さ三メートル半ほどの岩棚にくぎづけにされるはめになったのだ。眼下では大西洋の荒波が打ち寄せ、あたりにはじわじわと霧がしのび寄ってきた。

マンディは小道に引き返し、なんとか崖をはい上がろうとした。十センチほど上がったところで足がすべり、岩棚に落ちた。地面に爪を食い込ませてもう一度試してみる。少しはい上がるたびに砂利と土が雨あられと降ってくる。かやつり草には手が届かない。指先からは出血し、脚には引っかき傷ができ、ドレスも直しがきかないほど破けた。自力では脱出できない。彼女は精いっぱい体を丸めて霧の冷たさから逃れようとした。

不意に心の中の不吉な扉が開いた。アフリカでかいだ硝煙のにおいを思い出し、マンディは身震いした。声が出せたら助かるとわかっていても、叫ぶことができない。扉は重い音とともに閉まった。

夜のとばりが下りてくるにつれて、マンディはますます体を縮めた。濃霧があたりを包み、視界をさえぎった。喉が渇いてたまらない。ああ、ブライアンさえ来てくれれば……。

外界とのつながりを断ち、しだいにマンディは自分の殻に引きこもっていった。寒さを無視し、霧を忘れ、ブライアンが救出に駆けつけてくれることを夢想した。八時ごろだろうか、彼女は捜索隊の声を聞いた。犬がほえ、男が叫ぶ。ラザフォードの声がマンディのほぼ真上でした。「下がれ、ブライアン。崖っぷちさえ見えないんだから」

「ここにいるはずなんだ」ブライアンは叫んだ。

「ライザはまっすぐこの地点に来たんだから。きみはみんなと南側へ回ってみてくれ」長い長い沈黙が続いた。沈黙を破って響くのは、ときおりマンディの頭上に落ちてくる小石の音くらいのものだ。「マンディ？　マンディ、頼むから声を出してくれ！」

マンディは叫ぼうとした。努力したが、だめだった。心の扉を開けるのは死よりも怖い。涙が頬を伝う。そのとき誰かの足が土の山にぶつかり、小石の飛び散る音が聞こえてきた。続いて悪態をつくブライアンの声、どっと落ちる土と岩のかけらの音、そしてどすんという大きな音。

無限にも思える時が流れる間、マンディは崖にもたれて体を小さく丸めていたが、やがて必死で岩棚に足を踏みだした。そこには人の体が横たわっていた。ぴくりとも動かない。彼女はその人物の頭に触れ、即座にブライアンだとわかった。

なんとかしなければ、アマンダ・ストーン。彼女は自分に言い聞かせた。歯の根が合わないのは寒さのせいではない。なんとかしないと彼は死ぬかもしれない。叫ぶのよ。捜索隊が近くにいるうちに、叫ぶのよ！　記憶を閉じ込めた心の奥の扉が開きはじめた。

恐怖、硝煙、銃声と悲鳴、苦悶《くもん》の死。記憶が苦痛をもたらし、身震いさせるにもかかわらず、アマンダ・ストーンはこれまで予想だにしなかったことをした。息を深く吸い、崖にもたれて叫んだ。哀れにも最初はすすり泣きの声にしかならなかった。が、次には声はもっと大きくなり、ついには天まで届くほどになった。

捜索隊はその叫び声を聞き、そちらの方向へ移動した。マンディの心の中でも、彼女のまわりの世界でも、しだいに霧が晴れてきた。そして彼女はほほ笑みながら意識を失った。

10

マンディは猛烈な眠気を感じ、ベッドのそばで話している男二人の声をわずらわしく思った。部屋を出てと叫べたらいいのに。彼女が寝返りを打ったので男たちは会話をやめた。やがてマンディは夢の世界へ戻り、唇にかすかな笑みを浮かべた。

「あなたは大丈夫ですよ」ヒンソン医師はブライアンに言った。「意識を失っていたのはほんの短時間にすぎません。彼女も大丈夫。ちょっとした損傷をこうむっただけでね」

どんな損傷なの？　マンディはぱっと目を開けた。すかさずブライアンが顔をのぞき込んだ。彼の右耳の後ろには絆創膏《ばんそうこう》がはってあり、額にはこぶができている。

「ああ、マンディ」気づかいと疲労のせいで、彼の声はかすれている。「マンディ……」それだけ言うのが精いっぱいのようだ。

「二、三の引っかき傷と打ち身だけだ」ヒンソン医師が話した。「それに、喉の痛み。あと数日間はおしゃべりはなしだ、マンディ。ああ、そうだ、赤ん坊にも異状はない」ブライアンは〝赤ん坊〟という言葉を聞き逃したようだ。

「何があったの？」マンディは手話でたずね、ブライアンの注意をほかへそらそうとした。

「つまり、午後二時ごろのぼくは荒れ狂っていた。三十万ドルというきみの持参金の件でね、アマンダ」彼女は顔を赤らめ、首をすくめた。「しかし、ぼくたちはぼくの収入で生活していく」彼の言葉にマンディはうなずいた。「六時ごろになってぼくは本気で心配しはじめた。きみが外出するのを見た者は誰もいなかった。てっきりきみはどこかに隠れているものと思ったんだ。しかし、ライザといっしょだから安心していたのさ。ところが三時ごろ、ライザが病気になって戻ってきたとき、ぼくはすっかり動転してしまった」

「ライザは病気なの？　途中ではぐれてしまったのよ」マンディは手話で伝えた。

「ライザは病気になり、きみは行方不明になった。ぼくは獣医のペティ先生に電話して、大急ぎでライザを運び、ケイレブが近所の連中を集めて捜索隊を編成した。きみみたいにごたごたをしょっちゅう起こす女の子は見たことがないよ、アマンダ・ストーン！」そう言いながらも声には温かみがあり、瞳には愛情が浮かんでいる。初めてマンディは、彼の愛情に対しても自分自身に対しても自信が持てた。

「ライザは？」彼女はうながした。

「薬物を飲まされたことがすぐにわかったよ。誰かが生のハンバーガーを食べさせたんだ、中に薬をまぜてね。ペティ先生に胃の中のものをすべて吐かせてもらって家に連れて帰った。みんながきみの捜索を続けている間も、ライザはキッチンのドアのそばで丸くなって眠りほうけていたよ」

「メレディスはどこなの？」マンディはたずねた。

「メレディス？　ええと……覚えていないな。ずっと屋敷の近くにいたよ。ローズ叔母さんを寝かしつけていた。叔母さんもおろおろしていたよ」

「それからどうなったの？」

「それからライザが目を覚まし、キッチンの中でぼくたちみんなのにおいをかいだあと、二階に駆け上がって全部の部屋を調べて回った。やがて裏口のドアを引っかきながらくんくん鳴きだしたんだ。だから外に出してやり、ぼくらはライザを追った。ライザは川岸に直行し、それから尾根を上った。においをたどって捜すのは大変だったよ。ただ、幸運だったのは雨が降らなかったことさ。降っていたら何もかも洗い流されていただろうからね。やがてライザが崖《がけ》の縁まで行ったとき、きみがその下にいるにちがいないと思った。しかし霧が深かったし、ライザもにおいをはっきりとかぎ取ったわけじゃない。だから、みんなにはほかの場所も捜させ、ぼくは……ばかみたいに崖っぷちで足をすべらせて……」

「そしてわたしの膝の上に落ちたというわけね」

「そう、きみの膝の上に落ちたというわけだ」彼は笑った。「ケイレブがきみの叫び声を聞いたそうだ。そこで彼はトラクターとライトを運び上げて、ぼくたちを捜しだした」

「ああ、ブライアン、愛しているわ」マンディは涙を浮かべながら手話で伝えた。彼はマンディを抱き、彼女の髪に顔をうずめた。「わたし、子供が好きよ」

「ぼくもだよ、マンディ。ちょっと待った。さっき先生が何か……」

「赤ちゃんよ」彼女はさえぎった。「怒らない?」

「ぼくはピルについて何か言ったような気がするが。ピルをもらわなかったのかい?」

「もらったわ。でも、あなた、のめとは言わなかったでしょ。だからのまなかったの」マンディは言葉を探しながら手話を始めた。「ほかの女性たちにはあなたに贈るものがたくさんあるわ。話せるし、歌えるし、愛の言葉もささやける。でも、わたしには何もできないわ。だからあなたをつなぎとめておきたかったの――赤ちゃんで。最初はそんなふうに考えたわ。身勝手だったかしら? あなた、怒ってる?」

「怒る?」ブライアンは笑った。「きみには心から満足しているよ――赤ん坊のことばかりじゃなく、やっと本当のきみを見ることができたわけだから。だけど、最初はそう考えたと言ったね?」

「あなたがプールでわたしを救ってくれたあと、もしかしたらあなたに愛されているのかもしれないって思ったの。そしたらますます赤ちゃんがほしくなったわ。ほかの女性には与えられない贈り物をあなたにあげたかったのよ」

ブライアンはマンディをすくい上げ、しっかりと抱き寄せた。マンディは片目を開けて彼を見た。彼はほほ笑んでいる。ブライアンのあごの下に頭をうずめて、さらに身をすり寄せた。

「ところで、重要な話があるんだ」彼は優しく言った。「きみは口がきける……上手に、いや……そう上手ではないが。とにかくわけを教えてくれ」

アフリカのこと、襲撃のこと、母親の警告のこと。マンディはそれらをすべて伝えた。心の奥の扉が開くとともに、痛みをともなってあふれだした記憶のすべてを指で語った。

「あなたにもお教えしたでしょう」ヒンソン医師が口をはさんだ。「心因性のものだとね」

「また声が出なくなる可能性はあるんですか？」ブライアンは心配そうにきいた。

「原因となった状況を再現しないかぎりは大丈夫ですよ。わたしがあなただったら、彼女をアフリカへは連れていかないでしょうな」

「心得として肝に銘じておきましょう」ブライアンは同意した。そしてマンディの鼻のてっぺんに口づけし、それから彼女を下ろした。「さて、ミセス・ストーン、下には客がいる。ディナーに招待したんだ。ぼくのエージェントとその夫人……」

「それにメレディスも？」マンディはさえぎった。

「そう、メレディスも」彼はうなずいた。「しかし、きみはここにいればいい。食事を運んで……」

「いやよ」再び彼女はさえぎった。「わたしはこの家の女主人なのよ。それに、どうしても出席しなければならない理由もあるし」

その夜のディナーは七時半と決められた。食前酒が出ることになっていたが、マンディは故意にその間席をはずして使用人たちと自室で作戦を練った。自分の指示がすべて伝わると、彼女はリンネルのスーツに着替えた。

ブラシをかけたあとのブロンズ色の巻き毛はつやつやしていた。アイラインを入れ、リップグロスを塗ったところで戦いの準備は完了だ。マンディが食堂に入るころには、全員がテーブルについていた。彼女は末席についた。

テーブルの上座にいるブライアンはまばゆいばかりに輝いていた。彼の左どなりにはミセス・フランクが、そのとなりにミスター・フランクが座っていた。メレディス・クレムスンの席はブライアンの右どなり、そして彼女とマンディの間にはローズがいた。

どんなディナー・パーティでも花形になるメレディスが、今夜はいやに静かだった。絶えず横目でちらちらとマンディのほうをうかがいながら、ブライアンを自分の話に引き込もうと躍起になっている。

デザートには、ホイップクリームとストロベリーソースをたっぷりとかけたショートケーキが出された。ミセス・ダガンはブライアンの向かいに座って黙々とケーキを食べていたが、食べ終わるとマンディの耳元で何やらささやいた。マンディはうなずき、ミセス・ダガンはにんまりしながら食堂を出ていった。

メレディスはブライアンの腕に手をそえ、会話に熱中している。マンディは百まで数えて怒りをかきたてた。いよいよ始まりの時だ。

マンディは椅子を引いて立ち上がり、テーブルを回ってブライアンのかたわらへ行った。彼女は指を鳴らしてブライアンの注意を引き、手話でメッセージを伝えた。

「ぼくの妻は……」顔を上げたとき、ブライアンは妻の目に怒りが燃えたぎっているのに気づいた。

「アマンダからみなさんに聞いてほしいことがあるそうです。そしてぼくに通訳を頼んでいます」

「まあ、すてきだこと」メレディスが大げさに言った。依然として手はブライアンの腕に置いたままだ。「興味津々だわね。あのごちゃごちゃした手まねがわたしにも理解できるといいんだけど」

マンディはブライアンに手話で語った。「ぼくの妻は……」彼は中断した。「そんなことは言えないよ」マンディは怖い顔をして彼の鼻先でぱちんと指を鳴らした。「わかった、言うよ。ぼくの妻はこう言っているんだ、メレディス、ぼくから手を引かないと、きみの目玉をくりぬいてしまうと」

メレディスは金切り声をあげた。「ばかなあばずれにそんなことは言わせないわよ」

マンディはまた手話で伝えた。

「ぼくの妻はこう言っている、メレディス、髪を染めるのをやめてしまえば、脳を冒されずにすむかもしれないとね」

「ブライアン」メレディスは彼にかみついた。「そんな口をきくのはやめさせて。これ以上続けるんだったら、わたしは明日ここをたつわ」

マンディは伝言を続けた。ブライアンは驚いた顔をしながらも通訳した。「ぼくの妻は言っている、きみのお兄さんに襲われたときのことも気にしていないと」彼は言葉を切ってマンディの表情を探った。「こうも言っている、きみがぼくを奪おうとしたことも気にしていない、それは不可能だからとね」ブライアンは妻を見上げてほほ笑んだ。「きみにプールから突き落とされたことも気にしていないし、きみにだまされて崖から下りるはめになったことも……」ブライアンは途中で通訳をやめて、「確かなのかい?」とマンディに質問した。

マンディはもどかしげにうなずくと、めまぐるしく指を動かしながら先を続けるように彼をせかした。

「妻はさらに言っている。ただし、自分の犬に毒をのませたことにはとても腹が立ったと」

メレディスは椅子を後ろへずらしてさっと立ち上がった。「わたしのしわざだっていう証拠なんてないじゃないの」するとマンディはブレザーのポケットからプラスチック製の容器を取りだした。そしてまずブライアンに見せ、次にメレディスの前にほうり投げた。容器はデザート皿の中に落ちた。

「妻は言っている」ブライアンはゆっくりと言葉を継いだ。「毒の件では目撃者がいると。また、明日ここをたつかどうかでやきもきする必要はない、きみはいますぐ去ることになる、ともね。荷づくりはできているし、車も玄関前に待たせてあるそうだ」

メレディスはテーブルから離れ、「この女がわたしにじかに口をきくところを見たいものだわね！」と叫んだ。怒りのために顔がゆがんでいる。

ブライアンはマンディを見上げた。「こんなやり方はいささか無作法だったと思わないかい？」彼女は同意のしるしにうなずいた。「あとで理性的に話し合ったほうがいいんじゃないか？」

マンディは彼をにらみつけた。ブライアンは席を立ちかけてやめた。

「しかし……」マンディはケーキの皿をつかみ、夫の顔にショートケーキを押しつけて言葉をさえぎった。そしてテーブルを回り、メレディスの前まで行って戸口を指さした。

メレディスは金切り声で罵倒《ばとう》しはじめた。右手を高く上げてマンディの頰を打とうとする。が、ありがたいことに、ここでもマンディの空手の心得が役に立った。振り回された腕をひょいと頭をかがめてかわし、相手の手首をつかんで背中にねじり上げた。

そしてそのままの体勢で戸口のほうへメレディスを押しやった。戸口に立っていたミセス・ダガンはドアを開け、お辞儀をしながら、マンディがもがくメレディスを無理やりポーチに連れていくのを見守った。外ではラザフォードがリンカーン・コンチネンタルのドアを開けて待機していた。かたわらには座ったままうなっているミッチェルの姿もあった。

車が遠ざかると、マンディは玄関に立って手の震えを止めようとした。家の中にも立ち向かうべきドラゴンがいる。深呼吸をして食堂に向かった。

マンディは食堂の戸口でもう一度足を止めた。怒りは消えて、むなしさが残っただけだ。一瞬彼女は唇をかみ、それから中に入っていった。フランク夫妻はぽかんとして座っていた。ローズはどこか遠くを見つめている。ブライアンはといえば、首からシャツ、スラックスへとずり落ちたショートケーキをはたき落としている。

彼は椅子を後ろに押して立ち上がった。「妻とぼくは……二人で話したいことがありますので」謎《なぞ》めいた言い方だ。「みなさんはコーヒーをどうぞ。中座させていただいても構わないでしょうか?」テーブルを回ってマンディの腕を取ると、足早に部屋を出て階段を上がり、踊り場まで来て足を止めた。

「メレディスをほうりだして楽しかったかい?」

「ええ」両手を後ろで組み、厳粛な顔つきをしてマンディはかすれた声をどうにか出した。

「ケーキを押しつけるのはもっと楽しかった?」

「ええ、もちろんよ」今度は声が出なかった。マンディは彼の鼻先で手を振り回した。「最高にね!」

ブライアンはにやりと笑い、再びマンディの手を取って階段を駆け上がった。「ぼくたちは〝扱いやすい〟と〝従順な〟っていう言葉を、ちゃんと理解しなきゃいけないね」彼はマンディを寝室に導いていった。

11

ローズ・シャロン・ストーンは四月二十二日午前三時十七分にマサチューセッツ州フォール・リバー市で誕生した。

三月の間ずっとマンディは自分がますます穏やかになっていくのを感じていた。何をしていても調子は悪かった。あお向けになって寝るのもいやだったが、それは我慢できた。話す能力はまだ完璧《かんぺき》とは言えない。話せるようになったのは、いくつかの言葉と一、二の文章くらいだ。唇も舌も不気味なくらい大きくなったような気がして、ブライアンの鋭い観察のもとでレッスンしてはいても、マンディは依然として手話のほうが好きだった。自分とブライアンだけにしかわからない外国語か暗号を使っているようなものだったから。

四月が近づいてきた。ブライアンは妻といっしょに過ごすために新しい小説を書くことを断念し、自然分娩《ぶんべん》の授業を受けるようになった。彼女には一つだけ気がかりがあった。

「家が病院から遠すぎるわ」マンディは彼に手話で伝えた。「間に合わなかったらどうすればいいの？」

次の日マンディが医師の指示で行っている散歩に出かけるとき、ラザフォードがストップウォッチを手にしてポーチに立ち、私道をじっと見つめていた。

「旦那《だんな》さんだよ」彼女に質問されて答える。「病院までのいちばんの近道を知りたいそうだ。もう六日間もこれを繰り返してるしまつさ」十分後、ブライアンが車を私道に乗り入れるのを見て、マンディはひそかに満足した。

「玄関前までで四十分だ」ブライアンはマンディに

報告した。「正確には三十分だが、悪天候とか交通渋滞などを見越しておく必要があるからね。少しは気が楽になったかい？」

もちろん気が楽になる。彼女はしわがれた声でブライアンにありがとうと言った。サッカリー・ポイントはニュー・ベッドフォードとフォール・リバーの中間にある小さな村で、病院も医院もなかった。二人はフォール・リバー市で出産することに決めていた。ブライアンの心配りを感じてほっとしたものの、背中が痛みだすにつれて感情を抑えきれなくなり、マンディは彼に悩みを打ち明けた。

「口のきけない赤ちゃんが生まれる可能性はないかしら？」彼女は手話でたずねた。

「まさか」ブライアンは笑った。「きみの声帯にはなんの異常もないんだ。半年もすれば自由自在に大声で話せるようになるさ。ぼくたちの娘もね」そう言われて、彼女の心配はおさまった。

マンディは陣痛に襲われて真夜中近くに目を覚ました。静かに横たわり、陣痛の間隔が短くなるまで腕時計を見ていた。十二時三十分、ブライアンをこづいた。彼は目が開く前からベッドを飛び下り、走りだしていた。

「そろそろなのかい？」彼はたずね、マンディが壊れやすい陶器の人形ででもあるかのように扱った。彼女は夫にほほ笑みかけてバッグを指さし、足を引きずるようにして戸口に向かった。

病院の正面玄関のポーチの下に車を乗り入れると、ブライアンはエンジンをかけたままで降りた。

「まずきみを中に入れて、それから駐車場へ行くよ」無表情だが、マンディの腕を支える手は震えていた。「車は大丈夫だ、アマンダ」

「ええ、わかっているわ」明るいロビーに入りながら、マンディは手話で伝えた。「でも、誰かに盗まれたら」

「車なんかくそくらえだ」ブライアンはすっかり冷静さを失っている。二人はゆっくりとロビーを抜けてエレベーターに向かった。

三階まで上がると、ブライアンは妻を看護師の手にゆだねて廊下に出た。マンディは夫の背中が消えていくのを見送りながら、彼もそばにいられればいいのにと思った。

予備室は込み合っていた。

看護師はマンディを車輪つきのベッドに横たわらせ、せかせかと出ていった。陣痛の間隔が短くなってきた。短すぎる。マンディは誰かに合図しようとしたが、室内はあわただしく、動き回る人でごった返していた。

急ぎ足で助手が近づいてきた。マンディはやっとのことでその女性の制服を引っ張って、注意を引くことができた。ベルが鳴らされ、人々が走ってくる。

誰かがマンディのベッドの端をつかんで廊下へ押しだし、分娩室のほうへ動かしはじめた。すぐにブライアンの力強い手が彼女の手をつかんだ。彼の勇気と強さが、マンディの腕を伝って胸まで注ぎ込まれてきた。

「大した一日だ！」ブライアンの叫び声がマンディの耳に入る。「いったい医者はどこなんだ？」優しい声だとはとうてい言えないが、少なくとも彼がそばにいてくれる。マンディは幸せだった。

医者があわてて飛んできた。もどかしげな声が絶えず言っている。「我慢して、ミセス・ストーン」

しかしミセス・ストーンはもうたっぷりと〝我慢〟していたので、その言葉に従う気はなかった。分娩室から三メートル離れた廊下でローズ・シャロン・ストーンが生まれたのは、そんな経緯があったからだった。

マンディは、ブライアンが待つ部屋に戻ってきた。

「赤ちゃんを見た？」マンディは真剣な表情で手を

動かした。

「赤ちゃんを見たかって?」ブライアンは言った。「ぼくがこの手で取り上げたようなものだ! ああ、マンディ、彼女はとても……とても小さい。きみは大丈夫かい?」

「もちろん大丈夫よ」マンディはかすれた声で答えた。「疲れているけど平気。彼女は小さいけど完璧だわ。体重は三千二百グラムなの。スモール家の女たちは自分のするべきことをちゃんとわかっているのよ、そうじゃなくて? すばらしいわ。赤ちゃんは少しの間、下にいられるの。あなた、ちゃんとマスクをしなきゃだめよ」

「きみに何がわかる?」マスクを苦労してつけながら、ブライアンは言った。「わが家に完璧な女性が一人増えたわけだ!」

「もちろんよ」マンディは手話で伝えた。「あの子の父親が誰だか考えてごらんなさい」消耗しきっているブライアンを元気づけるには甘い言葉が必要なのだ。彼はわたし以上に取り乱していたようだから。マンディはしのび笑いをもらした。男性の操縦法について、ママが言ったことはやっぱり正しかった。こんなに痛みを感じてなかったら、笑っているところだわ。

マンディは四日間入院していた。ブライアンは朝早くに来て遅くまで病院にいた。マンディは日に日に体力を取り戻していった。赤ちゃんを胸に抱き、そのかたわらにはブライアンがいるという、愛情あふれるひとときだった。命名については、二人の意見が少しくい違った。

「ファーストネームはそれじゃだめだ」ブライアンは頑固に言い張った。「ローズがいい――ストーン家の伝統にのっとって。しかし、セカンドネームもある。レベッカはどうだろう? 響きがいいね」

マンディは激しく首を振った。「シャロンよ!」

「ローズ・オブ・シャロン――ムクゲの花ってわけかい？」彼は疑わしげな顔をした。「ミセス・ダガンなら大喜びするだろうが……」

マンディはほほ笑んだ。結婚してもうすぐ一年になるが、いまだにおたがいについてまだ知らないことがある。知りつくすまでには、この先五十年の人生が必要だろう。

「シャロンよ」彼女は繰り返した。「わたしの母の名前なの」

ブライアンは身をかがめてマンディに口づけし、強く抱きしめた。

「いけませんよ」たまたま通りかかった看護師が注意した。「二つのベッドには一人だけ。それが病院の規則ですから」

マンディはブライアンを押しやってくすくす笑った。「あなたにお話があるの」彼は期待をこめてマンディの輝く顔を見た。「ローズが生まれる三時間前までは、彼女が唯一の子供になると思っていたわ。でも、生まれて四時間後には考えが変わったの。あの子のほかにも子供をつくらなきゃいけないわ、ブライアン。一人娘じゃかわいそうよ」

「それはどうかな」彼は険しい顔で言った。「ローズが生まれて十分後に、ぼくは二度と子供はつくるまいと決心したんだ。もうきみにあんな苦労を強いるわけにはいかないよ。予備室に父親がたくさん集まるようになったら、赤ん坊の数は減るだろうね」

「それもそうね」マンディは従順そうに手話で語った。「その件については後日話し合うことにしましょう」

ブライアンは大して気にも留めずに聞き流した。マンディは長い闘いを始めるべく、手始めにちくりとやったつもりだったのだが、そのことに彼は少しも気づかなかった。

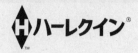

ハーレクイン・イマージュ　1991年10月刊（I-675）

言葉はいらない
2024年7月5日発行

著　　者　エマ・ゴールドリック
訳　　者　橘高弓枝（きったか　ゆみえ）

発 行 人　鈴木幸辰
発 行 所　株式会社ハーパーコリンズ・ジャパン
東京都千代田区大手町 1-5-1
電話 04-2951-2000（注文）
0570-008091（読者サービス係）

印刷・製本　大日本印刷株式会社
東京都新宿区市谷加賀町 1-1-1

表紙写真　© Halyna Kubei | Dreamstime.com

ISBN978-4-596-63560-0 C0297

ハーレクイン・シリーズ 7月5日刊 発売中

ハーレクイン・ロマンス

愛の激しさを知る

秘書は秘密の代理母	ダニー・コリンズ／岬　一花 訳	R-3885
無垢な義妹の花婿探し《純潔のシンデレラ》	ロレイン・ホール／悠木美桜 訳	R-3886
あなたの記憶《伝説の名作選》	リアン・バンクス／寺尾なつ子 訳	R-3887
愛は喧嘩の後で《伝説の名作選》	ヘレン・ビアンチン／平江まゆみ 訳	R-3888

ハーレクイン・イマージュ

ピュアな思いに満たされる

捨てられた聖母と秘密の子	トレイシー・ダグラス／仁嶋いずる 訳	I-2809
言葉はいらない《至福の名作選》	エマ・ゴールドリック／橘高弓枝 訳	I-2810

ハーレクイン・マスターピース

世界に愛された作家たち
～永久不滅の銘作コレクション～

あなただけを愛してた《特選ペニー・ジョーダン》	ペニー・ジョーダン／高木晶子 訳	MP-97

ハーレクイン・ヒストリカル・スペシャル

華やかなりし時代へ誘う

男爵と売れ残りの花嫁	ジュリア・ジャスティス／高山　恵 訳	PHS-330
マリアの決断	マーゴ・マグワイア／すなみ　翔 訳	PHS-331

ハーレクイン・プレゼンツ作家シリーズ別冊

魅惑のテーマが光る
極上セレクション

蔑まれた純情	ダイアナ・パーマー／柳　まゆこ 訳	PB-388

※予告なく発売日・刊行タイトルが変更になる場合がございます。ご了承ください。

7月12日発売 ハーレクイン・シリーズ 7月20日刊

ハーレクイン・ロマンス　愛の激しさを知る

夫を愛しすぎたウエイトレス	ロージー・マクスウェル／柚野木　菫 訳	R-38
一夜の子を隠して花嫁は《純潔のシンデレラ》	ジェニー・ルーカス／上田なつき 訳	R-38
完全なる結婚《伝説の名作選》	ルーシー・モンロー／有沢瞳子 訳	R-38
いとしき悪魔のキス《伝説の名作選》	アニー・ウエスト／槙　由子 訳	R-38

ハーレクイン・イマージュ　ピュアな思いに満たされる

小さな命、ゆずれぬ愛	リンダ・グッドナイト／堺谷ますみ 訳	I-281
領主と無垢な恋人《至福の名作選》	マーガレット・ウェイ／柿原日出子 訳	I-281

ハーレクイン・マスターピース　世界に愛された作家たち　～永久不滅の銘作コレクション～

夏の気配《ベティ・ニールズ・コレクション》	ベティ・ニールズ／宮地　謙 訳	MP-9

ハーレクイン・プレゼンツ作家シリーズ別冊　魅惑のテーマが光る極上セレクション

涙の手紙	キャロル・モーティマー／小長光弘美 訳	PB-38

ハーレクイン・スペシャル・アンソロジー　小さな愛のドラマを花束にして…

幸せを呼ぶキューピッド《スター作家傑作選》	リン・グレアム 他／春野ひろこ 他 訳	HPA-60

文庫サイズ作品のご案内

◆ハーレクイン文庫……………毎月1日刊行
◆ハーレクインSP文庫…………毎月15日刊行
◆mirabooks………………毎月15日刊行

※文庫コーナーでお求めください。